LE PREMIER QUI DIT **JE T'AIME** A PERDU

Élisabeth Brami · Marie Sellier

À tous les cassés
et ceux qui les sauvent.

Élisabeth et Marie

le premier qui dit JE T'AIME a perdu

Élisabeth Brami

Marie Sellier

Éditions courtes et longues paris

Aurélien

mardi 24 mars, 18 h 16

Bonjour Cécile,

Il paraît que tu es à l'hôpital depuis plus d'une semaine. C'est Frappart qui l'a annoncé tout à l'heure à la classe.

Il nous a envoyé ton adresse mail pour ceux qui voudraient t'écrire. J'ai pensé que ça pourrait te faire plaisir, un petit mot, même si d'habitude on ne se parle pas des masses.

J'imagine que ce n'est pas rigolo d'être à l'hôpital (c'est lequel ?) et que tu dois souffrir. De quoi ? Mystère ! Personne ne sait rien de ce qui t'est arrivé. On dit plein de trucs à ton sujet.

J'ai essayé de me renseigner auprès de Farid et d'Éléonore, mais ils ne savent pas plus ce que tu as, ni si c'est grave. Je ne sais pas non plus si d'autres t'écriront ou t'ont déjà écrit.

J'aimerais pas ne rien recevoir si j'étais à ta place. Je fais comme je sens. Après tout, tu n'es pas forcée de me répondre.

Bon, Cécile, je ne vois pas ce que je peux te raconter de plus intéressant. C'était juste pour te faire un petit coucou en espérant que tu vas aller mieux.

Aurélien Dussart

Un copain qui te veut du bien :--))

Cécile

mercredi 25 mars, 2 h 26

Salut Aurélien,

C'est gentil, ce petit coucou du monde d'avant. Frappart, Farid, Éléonore, notre classe, ça ne fait pas dix jours que ma vie a basculé et pourtant j'ai l'impression que tu me parles de la préhistoire.

Tu te demandes ce qui m'est arrivé. Eh bien j'ai fait une chute, du genre méga grosse chute qui m'a brisé menu quelques os : hanche, genou, cheville, c'est mon tiercé perdant. Heureusement, le désastre est concentré du même côté, c'est le droit qui a pris, et rien à la tête. Je suis vivante et bien vivante, même si je suis confinée-cassée dans mon lit. Interdiction de bouger pour le moment, la hanche dans une coque en plastique, le genou immobilisé par une attelle, la cheville plâtrée.

Je suis restée une semaine à l'Intercommunal où j'ai été transportée pour y être opérée illico — on m'a mis tellement de ferraille dans la jambe que je suis une vraie RoboCop — puis on m'a transférée à Saint-Martial, un autre hosto spécialisé dans les soins et la rééducation. Enfin, pour le moment, la rééduc est plutôt limitée. J'ai une kiné qui vient me masser dans mon lit mais il paraît qu'il y a des grandes salles super équipées qui m'attendent au rez-de-chaussée, avec tables de massage et ustensiles divers. Quoi qu'il en soit, j'ai tout mon temps. Pas le droit de mettre le pied par terre avant trois mois, a dit le chirurgien.

Ici les gens sont plutôt aux petits soins, à part une infirmière un peu sadique sur les bords, je l'ai tout de suite repérée. Je m'en fous, je hurle dès qu'elle me touche. Tiens, quand on parle du loup... on toque à ma porte...

Ouf ! C'était Mireille, la plus adorable de toutes. Elle vient de me refaire mon pansement au genou. Elle trouve que j'ai une belle cicatrice. Pas sûr, sûr que je partage son avis !

Tchao Aurélien.

Cé

Aurélien

mercredi 25 mars, 9 h 20

Salut Cé,

Primo, faut que je te dise que ça m'a fait hyper plaisir que tu me répondes, et en plus à 2 heures du matin ! T'avais mal quelque part ? Une infirmière t'a dérangée ? Je ne savais pas qu'il y avait des sadiques aussi à l'hôpital. À l'école, ça d'accord. On en a tous rencontré des profs pas nets (enfin, moi). Et des sadiques, y'en a aussi dans les cours de récré (je l'ai vécu) et dans les familles (enfin, la mienne où c'est non-stop).

Deuzio, c'était génial que tu m'écrives autre chose que du blabla bidon bien formaté, du genre « merci tout va bien et toi ? » et qu'en plus, tu termines par « Cé ». D'abord, « cé » joli, et ensuite, signer par son diminutif, ça veut dire (tu me diras si je me trompe) qu'on donne sa confiance, quelque chose de très personnel. Presque comme un secret d'ami ou la clé d'un journal intime. (À propos, je ne te demande pas si tu en as un, moi oui, depuis le CM2 : très important.)

J'aimerais savoir qui t'appelle « Cé ». Les diminutifs, c'est parfois craignos. En primaire, un gars de ma classe m'appelait « Aurel », et ça m'énervait à cause des films de Laurel et Hardy. Jamais su qui était le gros et le petit, alors, comme je me sentais à la fois gros et petit...

Tu vois, je suis sorti du sujet. La prof de français ne supporte pas quand je fais ça. Donc, je reviens à toi car c'est toi le vrai sujet : je trouve que tu as une façon marrante de raconter l'hôpital mais en vrai, tu dois pas rigoler tous les jours.

J'ai bien vu que tu ne dis pas un mot sur comment et où et pourquoi tu t'es fait cette chute dingue. Quand tu dis « ce qui m'est arrivé », ça fait penser à un accident. Tu me diras ? Enfin... si tu veux. T'es pas forcée. Y'a de sales images qui nous polluent des fois la tête et qu'on aimerait effacer comme un tableau blanc. J'en ai pas mal collectionné des comme ça, mais j'ai pas encore trouvé le bon chiffon.

Bon. Je dois te laisser parce que Chatillon nous a donné une expression écrite pour demain, alors ma mère me tanne depuis une heure pour savoir si j'ai pondu. Mes parents sont tous les deux surbookés (l'une est devenue la forcenée du télétravail, et l'autre, ratatiné par son chômage, se noie dans la bière). T'imagines pas comme c'est la plaie d'être en permanence sous le regard de deux géniteurs qui s'entendent comme chien et chat. Tout le monde ne peut pas être orphelin ! (C'est un écrivain qui a dit ça, je crois. Pas faux.)

Mes excuses : je suis gonflé de me lamenter sur mon sort, alors que c'est toi qui est bouclée dans ta chambre d'hôpital et Cé pas une vie !

Bonne journée quand même.

A + !

Aurélien, un gars sans diminutif

Cécile

mercredi 25 mars, 16 h 10

Eh ben ! On peut dire que tu vas vite en besogne, Aurélien-Dussart-sans-diminutif ! Ici radio-griot-collège, plaque tournante de l'info, BFMTV à côté, c'est de la rigolade !

Oyez ! Oyez ! La petite Cécile Douhart, qu'est toute transparente, a fait un vol plané et s'est cassée en mille morceaux, pirouette, cacahouète.

Oh là là ! J'ai reçu dix messages, et en voilà un onzième qui, splash ! atterrit sur ma messagerie, tous les mêmes ou à peu près : il paraît que t'es tombée, qu'est-ce qui t'est arrivé ? Donne-nous de tes nouvelles. Farid, Éléonore, Adèle, Antoine, Kevin, et j'en passe. Même Léa qui ne peut pas m'encadrer y est allée de son petit couplet.

Mais, tu vois, Aurélien, je ne vais pas pouvoir leur répondre, c'est juste pas possible. Rien que d'y penser, ça me fait flipper. Il ne faut pas me poser trop de questions, Aurélien. Même si tu es malin et que tu me laisses toujours une petite porte entrouverte pour me carapater, histoire que je ne sois pas obligée de te répondre, je préférerais éviter les interrogatoires policiers.

Puisque tu veux vraiment le savoir, oui, j'ai mal, et pas qu'un peu, malgré les bonbons à la morphine et la petite ampoule de verre qui me fait chaud à la tête quand je l'avale d'un coup, d'un seul, parce que c'est dégueulasse ce truc-là, trop amer. Le pire, c'est la nuit. J'ai l'impression d'avoir la jambe droite en feu, un grizzli sous la peau qui me dévore la chair, les veines, les muscles, les tendons en sourdine et qui en fait de la bouillie.

Mireille, mon infirmière préférée qui est balèze en médecine, m'a expliqué que, la nuit, le corps ne produit plus assez de cortisol, une espèce de cortisone naturelle qui a une action anti-inflammatoire durant la journée. Les œdèmes, les cicatrices, les lésions des os, tout ça se réveille et fait une java d'enfer. C'est une messe satanique. Le vrai cadeau, c'est quand ça s'arrête, j'ai l'impression d'être au paradis.

Je peux te dire que le jour est bienvenu. Alors oui, à 2 heures du mat, je suis généralement en plein dedans et ça me fait plutôt du bien de penser à autre chose.

Je survis grâce à la musique non-stop dans mon casque. Tu connais Clara Ysé, *Le Monde s'est dédoublé*? J'écris aussi des trucs, tout est bon pour ne pas me laisser complètement piéger par la douleur. Question de stratégie, faut être plus malin. Ah ! Ah ! Comme toi.

Tu vois, si je te réponds, c'est que j'ai l'impression que tu me ressembles, même si tu es un garçon. C'est rare les mecs qui écrivent et encore plus qui tiennent un journal — comme moi, soit dit en passant.

Le journal intime, c'est plutôt un truc de fille. Alors il faut croire que j'aime bien ton côté fille ! Tu dois te dire que je suis complètement allumée et t'as pas tort, mais je m'en fous. J'ai décidé d'arrêter de faire semblant. La petite Cécile toute brave, toute gentille, toute moutonnante, qui ne dit jamais non et suit le mouvement sans rien dire, elle est morte. Tu comprends, morte, comme je pourrais l'être à l'heure qu'il est.

J'ai bien conscience que je te dis tout ça aussi parce que je suis sous morphine. Ça désinhibe grave, la morphine. Je me souviens que mon arrière-grand-mère qui en prenait à la fin de sa vie, s'était carrément dépoilée devant moi un jour où j'étais allée la voir, alors qu'il n'y avait pas plus pudibonde qu'elle. Deux bonbons et hop ! On n'a plus peur de se mettre à nu. Je suis sûre que je n'aurais pas répondu à ton premier mail en temps normal, ou juste poliment, comme ça en passant. Alors merci qui ? Merci Morpho, déesse des métamorphoses. La mue est en cours.

Deuxième réponse, Mister A., et puis je retourne au dodo, dans les bras de ma Morphée à moi. Pourquoi Cé ? Et pour qui ? Parce que je déteste mon prénom qui n'est même pas complètement le mien puisque, à l'origine, c'était celui de la sœur de mon père, ma tante que je n'ai jamais connue vu qu'elle est morte à 19 ans. Eh bien, mes parents n'ont rien trouvé de mieux que de me le coller sur le dos à la naissance, de quoi bien me plomber avec un destin qui n'est pas le mien. Rien de tel pour vous rogner les ailes que de porter le prénom d'une morte. Et quelle morte ! Genre parfaite, belle, sensible, musicienne, écrivant de la poésie, autant dire un ange ! Style la Sainte Cécile d'un vieux peintre italien d'avant le déluge que mes parents ont accrochée au mur de ma chambre, histoire de me rappeler d'où je viens.

Mais moi, tu vois, c'est pas trop ma came, la perfection éthérée, je préfère le saut en hauteur et crapahuter dans les rochers. Je suis plutôt du genre Cé sans faux cils — faucille, ah ! ah ! — Cé, tout court, Cé bien suffisant et Cé pas une autre. Voilà mon gars ! C'est marrant que tu emploies ce mot, moi je dis garçon.

Mon gars, bon petit gars, ça fait ambiance film noir et blanc ou roman d'avant. Je dis ça, je dis rien, chacun fait comme il veut.

Allez, je plonge sous mon drap réglementaire (à l'hôpital, il n'y a pas de couette !)

Cé

Ah oui, et puis, s'il te plaît, remercie les gens de la classe de leurs messages. Dis-leur que je leur répondrai plus tard... même si je ne suis pas sûre que je le ferai.

Aurélien

jeudi 26 mars, 9 heures

Ben dis donc, Cé du lourd, ça dégomme grave dans ton mail ! Je suis comme un soldat rescapé d'un raid : miracle, la balle m'est passée à ras du casque. Tu me trouves malin et encore heureux puisque ça a l'air d'être une grosse qualité pour toi.

Tant pis si tu ne réponds pas à toute la classe. Tant mieux si tout le monde n'a pas droit à ton diminutif. Au fait, pas très futés tes parents de t'avoir donné un prénom déjà porté en cadeau de naissance. Pas besoin de grigris africains pour contrer le mauvais sort, tu as l'air de te débrouiller très bien avec ton prénom d'occas' recyclé.

Y'a quelque chose de marrant chez toi. Et dire que je te voyais comme une fille trop top pour que je m'approche. Un jour, en cinquième, j'avais fait une tentative (en ce temps-là, faut croire que j'étais pas encore un « petit malin ») et... le flop ! Ou plutôt j'avais reçu une baffe (virtuelle) de ta part : vlan ! Ça t'apprendra, microbe, à me tourner autour. Et tu étais repartie crâner dans ton coin de CDI.

Bon, c'est vieux tout ça. Je ne sais pas si on se ressemble mais, puisque tu aimes mon côté fille, je dois t'avouer que, moi, j'adore ton côté gars. Je veux dire le style brut de quelqu'un qui y va franco sans faire de chichis ni d'entourloupes, ni un numéro d'hypocrite. Moi, j'ai l'impression d'avoir plus de mal que toi avec la vérité. Heureusement que, comme tu le sais, un journal intime est une occasion d'être soi, un miroir où on triche pas.

Je m'aperçois que depuis la sixième, je me suis fait des tas d'idées fausses sur toi et une des choses qui m'ont le plus bloqué c'est que, toi, tu es carrément une bête en classe alors que moi j'ai failli redoubler. L'échec, la honte ne me lâchent pas. J'ai du mal à trouver le courage d'être moi, de ne pas me noyer dans mon dégoût (d'égout). Comme tu Cé, j'aime jouer avec les mots pour découvrir des sens cachés souvent rigolos. Je ne m'en prive pas lorsque je lis tes mails entre les lignes malignes pour entendre ce que tu ne dis pas. Oui, oui, j'ai bien pigé que si on fait un pas de trop vers toi, c'est la baffe assurée et que tu te carapattes (avec deux T exprès pour les quatre pattes qui courent plus vite). Je te préviens : mon orthographe a toujours été un problème et je fais collection de bulles depuis le CP, alors, merci le correcteur !

Si je comprends bien, t'aurais jamais répondu à un gars comme moi, pas à la hauteur de tes cimes d'alpiniste, si t'étais pas droguée à mort. Fais attention à ne pas te retrouver accro à la morphine. Et puis, tu pourrais aussi devenir accro à moi et alors, dans ce cas, bonjour les dégâts !

Maintenant, sérieux, le plus important pour moi, c'est de savoir si tu veux continuer notre correspondance. J'aimerais pas que tu la foutes en l'air, et moi avec, le jour où tu seras désintoxiquée. Tu n'es pas censée le savoir, mais j'ai déjà ma dose et je crois que j'aime pas. Ni sadique ni maso. Tu vois ce que je veux dire ?

C'est pas grave si tu me laisses tomber mais, s'il te plaît, fais-le tout de suite. Pas demain. Suffit que tu ne me répondes pas. Je comprendrai.

Je ne sais pas si c'est une bonne idée, mais j'ai envie de te filer un petit bout de mon journal. Tu me diras.

> *Je suis vraiment un nul. Un gros nul. Nul de chez nul comme dit mon père. Il a sûrement raison de me traiter de tous les noms. Un jour que j'aurai le moral et de l'humour (j'y crois pas trop !), je ferai la liste de toutes les horreurs qu'il me balance à travers la figure.*

J'en peux plus de cette ambiance en vase clos. C'est pas marrant tous les jours : maman ne décolle pas de son écran et lui se la coule douce, pas si douce, avec son chômage. C'est moi qui prends tout. Normal. Je suis l'enfant unique de leurs rêves ratés. Coincé comme un rat.

Voilà, cé tout. Mais, bof, de quoi je me plains ? Je ne peux pas être plus K-cé que toi, Cé. Tu auras toujours le premier prix en tout, même en bobo. Respect !

aUréLieN qui a NUL dans son prénom maudit.

Cécile

dimanche 29 mars, 11 heures

Silence radio pendant trois jours : tu as dû flipper, mon pauvre ! Mais ce n'est pas ce que tu crois, si je ne t'ai pas écrit avant, ce n'est pas parce que je n'en avais pas envie ou que je voulais interrompre notre correspondance — tu en as de ces mots ! Trois mails de rien et hop, on est entré au club des amis de Madame de Sévigné. On calme le jeu, Mister A ! — mais parce que j'ai eu un petit accident de parcours. Chute de tension, malaise, paraît que j'ai perdu connaissance, moi, je ne me souviens de rien.

Selon eux, je ne mange pas assez, je serais trop maigre, anémiée. Résultat, j'ai eu droit au SAMU, tout le tintouin, transfert à l'hosto d'à côté pour une transfusion et un petit coup de perf' (ils n'étaient pas équipés pour ça dans le mien). J'avais bien emporté mon téléphone, mais pas mon câble et personne n'a été fichu de m'en prêter un. J'étais dans un état de rage, t'imagines pas ! Pour le coup, j'avais l'impression d'être une sardine dans sa boîte. Avec des tuyaux partout, c'était carrément pas humain. Toi, le rat piégé, moi la sardine à l'huile. Mais je ne suis pas La Fontaine, je ne vais pas en faire une fable.

J'ai réintégré ma chambre à Saint-Martial ce matin — je l'aime bien, cette chambre, elle est juste à ma taille, je m'y sens protégée. Une nutritionniste pas plus grosse que moi m'a concocté des menus hyperprotéinés et a carrément rajouté des suppléments alimentaires pour vieillards. Je viens d'en goûter un, parfum vanille, c'est finalement pas mauvais, j'aurais pensé que ce serait plus écœurant. Pour le reste, j'ai bien peur que, protéines ou pas, la bouffe reste dégueulasse. Rien que l'odeur du chariot au bout du couloir me soulève le cœur.

Bon, je reprends le fil... D'abord, il faut que tu saches, j'aime pas les oukases, enfin, les ordres, si tu préfères. Pour le moment, on s'écrit, c'est très bien, mais ça ne durera peut-être pas toute la vie. Je ne veux pas ou je ne peux pas — au bout du compte, ça revient au même — me projeter pour le moment. Ça me plaît, ce fil entre nous mais, si demain ça me pèse, j'arrêterai. Surtout si tu me fais trop partager ton journal noir-c'est-noir. J'ai peut-être l'air dur, mais c'est comme ça, j'ai pas le choix et ne me demande pas pourquoi. Ce qui vaut pour moi vaut pour toi : il faut que tu te sentes libre.

Ce que tu me racontes de tes travaux d'approche masqués quand on était en cinquième et de la tarte virtuelle que je t'aurais balancée au CDI, ça ne me rappelle rien du tout. J'avais sans doute pas capté ta stratégie. En fait, avant ton premier mail, tu n'étais pour moi qu'un nom de famille qui talonnait le mien à l'appel. Douhart, Dussart, Calvet, etc. Mais je vais quand même te dire un truc gentil pour te montrer que j'en suis aussi capable : je suis bien contente de découvrir que derrière ces cinq consonnes et ces deux voyelles se cache un courageux petit soldat qui n'a pas peur des balles.

Je ne comprends vraiment pas pourquoi ton père te traite de nul et à quelle occasion, même si aucune occasion ne l'excuse. Ce mot, il devrait tout simplement être rayé du dictionnaire, c'est le pire de tous. Il te dégomme quelqu'un en moins de deux. Nul = néant, circulez, y'a rien à voir. Les parents, il n'y en a pas un pour racheter l'autre. Toi, enfant unique, moi, aînée de quatre, j'ai l'impression qu'on évolue dans le même environnement pollué, genre bassine remplie de particules nucléaires. Je trouve ça dingue. Des parents, ça devrait au contraire être compréhensif et aimant quoi qu'il arrive. Après tout, ce sont eux les adultes, ce serait théoriquement leur rôle de nous montrer la voie, pas de nous savonner la planche. Après ça, qu'ils n'aillent pas pleurer s'il y a des problèmes.

Tu dis que t'es pas maso, mais j'en suis pas si sûre — remarque, faut l'être un peu pour se coltiner une conversation avec moi. Ce n'est pas parce que ton paternel te couvre d'injures que tu dois les reprendre à ton compte, t'en faire une étiquette. Moi, je pense que tu es quelqu'un de bien, Aurélien Dussart, et que tes parents ne te méritent pas. Mais c'est ennuyeux que tu sois si déprimé. Ton extrait de journal est à se tirer une balle.

Allez, une bise pour te faire rougir.

Cé

Ah ! Encore deux choses : je ne suis pas une bête de classe, je suis bêtement scolaire ; et puis t'inquiète, je ne suis pas en train de devenir tox. Je prends la dose minimum de morphine, c'est d'ailleurs pour ça que j'ai autant mal la nuit. Les médecins insistent pour que j'augmente mais je ne supporte pas les effets secondaires. J'en peux plus de voir flou.

Aurélien

dimanche 29 mars, 15 h 05

Cé vrai, j'ai eu un peu de mal les trois derniers jours quand ta réponse ne venait pas. Ça m'a paru long. Je crois que l'effet toxico-dépendance agit aussi sans prise de substance, à distance. Je me demande si je ne suis pas en train de devenir accro à notre correspondance, quoi que tu en penses.

D'un côté, ça me plaît d'avoir à attendre quelque chose comme une surprise tous les jours. Mais ça me ferait rager d'être une chiffe molle addict, suspendu au bon vouloir d'une princesse au petit pois (au petit poids !). T'es plutôt gonflée dans ton genre de parler de « trois mails de rien » entre nous. Tant pis si ça t'embête mais, pour moi, c'est pas rien. Bon.

T'as pas besoin de me faire un dessin : j'ai bien compris que dans la vie d'avant, comme tu dis, je comptais pour du beurre, et que tu me balanceras aux orties quand t'en auras marre dans ta vie d'après.

Alors là, faut que je te dise, y'a deux trucs qui me viennent à l'esprit et qui m'étonnent :

Le « déprimé » accro que tu crois que je suis n'aura pas forcément envie de se laisser jeter par ta seigneurie et trouvera peut-être la force de s'accrocher.

Pour une fille « transparente », franchement tu le fais pas. Tu sais mettre les gens sous pression, leur imposer tes douches écossaises : un violent tour de robinet vers froid, c'est « oust, dégagez ! », un gentil tour de robinet vers chaud, c'est « OK ».

Cé pas pour t'énerver, mais juste pour essayer de comprendre comment l'accident que t'as eu a pu te transformer autant. Est-ce qu'il suffit de le décider pour devenir une tueuse ? Comment on fait pour sortir de sa nullité et ouvrir enfin sa gueule alors qu'on se laissait écrabouiller comme une punaise ?

Tu vois, ce n'est pas une critique contre toi, mais une question égoïste et intéressée que je me pose. Parce qu'il faut que j'arrive à m'en sortir, moi aussi.

Au fait, pour te répondre, je ne sais pas plus que toi pourquoi mon père me traite mal. Je dirais plutôt me maltraite : miracle des mots, tu en prends deux, tu les retournes comme une crêpe et ça en donne un troisième, plus fort, plus vrai, qui fait mal.

Je sais que tu ne m'expliqueras ça que si tu veux bien. Tant pis pour moi. Il me semble pourtant que s'il suffisait de se fiche le corps en mille morceaux de puzzle pour se guérir le moral, se sentir mieux à l'intérieur de soi et avoir confiance, ça se saurait. Ma mère l'aurait lu dans *Psycho-Mag* et ne m'aurait pas envoyé chez un psy l'an passé. Non seulement ça ne m'a servi à rien, mais c'est elle et mon père qui en auraient besoin d'urgence, d'un psy, mais ça, pas moyen de le leur faire entrer dans le ciboulot. Pour eux, c'est forcément moi le dingue — mon père dit « gogol » dans ses bons moments —, c'est moi qui débloque, qui tourne pas rond, qui perds les pédales, qui disjoncte. qui perds la boule, qui suis en crise... Jamais eux.

Allez, faut pas trop que je t'embête. Tu as tes problèmes et je ne vais pas te pleurnicher dessus. Essaie de bouffer, même si tout te coupe l'appétit. Faut vite que tu trouves l'énergie de survivre à ta catastrophe.

Merci de m'avoir dit que mes parents ne me méritaient pas.

Aurélien qui n'est pas ton « rien »

PS : Ça doit pourtant être génial d'avoir des frères et sœurs. Ils ne te manquent pas trop ?

Cécile

lundi 30 mars, 5 h 57

Là, Mister A., tu me rentres dedans et je reconnais que je l'ai bien cherché. Je t'ai balancé quelques scuds, il est normal que tu ripostes. Ok, j'ai compris, tu ne te laisseras pas jeter comme ça. Ça me plaît. Tu existes encore mieux quand tu résistes. (Y'a pas que toi qui aimes les rimes !)

T'inquiète, j'ai pas du tout envie de me débarrasser de toi, au contraire, et je t'avouerais même que je crois bien que, moi aussi, je suis en train de devenir addict à tes mails. J'ai halluciné quand je me suis aperçue que je ne pouvais plus utiliser mon téléphone dans l'autre hôpital. Plus le temps passait, plus je me disais que tu allais mal interpréter mon silence et que tu allais couper les ponts.

C'est marrant que tu emploies cette vieille expression de « chiffe molle », je croyais qu'elle était réservée à ma mère quand elle s'adresse à moi. Ah ça, je l'ai entendue ! Des centaines de fois. Ça a le don de me mettre hors de moi. Alors, si tu es d'accord, on va dire que les vieux chiffons qui nous chiffonnent, entre nous, on les laisse au placard.

Je me suis demandée d'où tu avais sorti « la fille transparente », et puis je me suis aperçue que c'était moi qui avais utilisé l'expression dans un de mes mails. J'avais oublié, mais j'assume. Avant, je ne disais rien, je ne bronchais pas, je bossais, je ne faisais pas de vagues. Tu l'as connue, cette fille, tu l'as croisée au CDI, tu as même pensé qu'elle était plutôt du genre crâneuse. Pourtant ma rage — ou ma colère, comme tu veux — était bien là, en dessous, tout au fond, sous une grosse couche de vase. C'est comme si l'accident l'avait libérée.

Je ne suis pas devenue une tueuse pour autant, je n'ai envie de tuer personne et surtout pas toi, j'ai juste envie de vivre et de ne plus laisser la colère me grignoter l'intérieur, comme le petit Spartiate qui se faisait bouffer le foie par un renard sans rien dire et qui est tombé raide mort plutôt que d'avouer qu'il avait une bestiole sous sa toge. Tu te souviens, c'est notre prof d'histoire de cinquième qui nous avait raconté ça.

Toi, tu as vu un psy l'année dernière, eh bien, figure-toi qu'ici, ils m'en ont collé une d'office, enfin, pas tout à fait... pour être honnête, ils m'ont conseillé d'accepter la proposition d'en voir une et, moi, je me suis dit que je n'avais rien à perdre et peut-être au contraire pas mal à gagner. En tout cas, pour le moment, je ne regrette pas. Elle s'appelle Klara et elle est super sympa. Je la vois deux fois par semaine.

J'ai déjà compris en commençant à déballer mon sac que je ne devais plus accepter qu'on me maltraite — tiens ! tiens ! encore un mot en commun ! Je n'en suis qu'au début, c'est tout récent comme prise de conscience. Alors, pardonne-moi si je suis maladroite et si je manie la douche toute neuve à l'écossaise, comme tu dis. Je ne suis pas encore très forte en mitigeur. Y'a du boulot mais ça ne me fait pas peur parce que, pour la première fois, je vois un chemin et une petite lueur là-bas, tout là-bas, qui clignote de temps en temps...

Je crois bien que je te confie des trucs que je n'ai jamais dit à personne, Aurélien. Mais il faut que tu comprennes que je ne suis pas assurée du tout — ni rassurée —, je suis dans un genre de brouillard et je tâtonne. Ce dont je suis sûre, c'est que je ne veux pas reprendre ma vie d'avant ; qu'en tombant, je l'ai faite exploser et que, maintenant, il faut que je la reconstruise patiemment, pièce par pièce, comme un puzzle — encore un mot que tu as employé, décidément !

Pour répondre à ta question, personne ne me manque — à part ma grand-mère qui vit en Angleterre, mais on se fait un petit coucou tous les jours par téléphone — et surtout pas mes frères et ma sœur. On vit peut-être tous les quatre sous le même toit depuis qu'on est nés mais, en réalité, on est de parfaits inconnus. Alors oui, on est nombreux mais, à mon avis, on ne forme pas une famille. Je ne sais pas comment on en est arrivé là. Sans doute, mes parents ont leur part de responsabilité — ils adorent diviser pour régner —, et on y est probablement chacun pour quelque chose. En ce moment, je m'en fiche un peu. J'ai des trucs plus importants à régler...

À part ça, tout va bien, comme dirait une de mes tantes qui termine ses messages bourrés de malheur par ce petit refrain joyeux. À part ça, tout va bien !

Que te dire de plus ? Qu'hier c'était dimanche, et que j'étais contente d'avoir un croissant au petit-déjeuner. Que j'adore le grand arbre — un marronnier, je crois — que je vois de ma fenêtre. Ah oui, et aussi que Frappart propose de m'envoyer du travail, rien que pour moi, kaï ! kaï ! Inutile de te dire que je m'en passe.

Et voilà le chariot des infirmières qui se pointe : tension, température, petites gélules et soins du genou... Il faut que je te laisse, Aurélien ! Tchao !

Cé

Aurélien

lundi 30 mars, 20 h 22

Ma pauvre Cé ! Ouh ! là ! là ! C'est qui le plus déprimé des deux ?

Je ne trouverai pas correct de faire un match avec toi, mais je me demande quand même qui de nous va gagner le tournoi des merdes en famille. Je t'imaginais si cool et, en plus, toujours super bien sapée, donc bourrée de thune. Avec mes fringues dégottées sur Leboncoin par ma mère, j'ai jamais eu intérêt à la ramener et d'ailleurs je me suis souvent dit que c'était pour ça que personne ne m'invitait aux anniversaires. Et des copains à la maison, j'en ai jamais vu se pointer non plus, mon père a toujours été contre. Il aboyait : « Pas d'étrangers chez moi ! Chez moi, c'est chez moi ! » Un jour, je devais avoir sept ans, j'ai osé répondre : « C'est chez Maman aussi » et paf ! sa grande main sèche aux phalanges poilues a claqué sur ma peau de bébé en laissant la marque de ses doigts. Maman m'a dit pour me consoler : « Pas grave, juste une colère ; il est un peu soupe au lait, ton père, mais il a bon cœur et il t'adore... blabla... » Bref, c'était pas sa faute au paternel qui était juste à cran à cause de ses soucis de chômage, il fallait lui pardonner et être patient parce que c'était lui le plus à plaindre. Le monde à l'envers, quoi.

Maintenant, je comprends mieux qu'elle se donnait du courage en même temps, ma mère. En me faisant miroiter qu'un jour tout s'arrangerait, que plus tard j'aurais le droit d'inviter des amis, elle essayait de s'en convaincre. Mais je sentais bien qu'elle n'y croyait pas elle-même. La suite me l'a prouvé : j'ai jamais vu d'amis à elle à la maison et quand mon grand-père et mon oncle viennent réveillonner, ça finit toujours en insultes genre règlements de compte. « C'est la dernière fois que ta famille met les pieds chez moi. J'veux plus voir leur sale gueule à ces connards ! »

Je ne sais pas comment fait ma mère pour recoudre les morceaux après, comment elle bricole une vague paix bidon. Dans son genre, elle est balèze.

Alors, de savoir que c'est pas la joie dans ta vie à toi non plus, ça me fait de la peine et, en même temps, c'est bête, et peut-être égoïste, je me sens moins seul, moins perdu, moins foutu. Comme si ta force, tu me l'envoyais par perf-usion, à la perf-ection !

Voilà pour ce soir.

Je ne peux pas t'écrire plus, parce que j'ai pas fait tout le boulot de français. Je ne vais pas te raconter ma vie scolaire palpitante mais, là, faut que tu saches que grâce à la casse de ta maigre carcasse, tu viens d'éviter le commentaire de texte du siècle sur « Mozart assassiné » de Saint-Exupéry. Sûr que tu connais *Le Petit Prince.* Moi je l'avais trouvé barbant à lire et puis, un jour, j'ai compris, en l'écoutant version audio sur un vieux vinyl de mon oncle, que la fin de l'histoire n'est pas du tout à l'eau de rose, qu'il y a un suicide génial par piqûre de serpent-minute et hop, le petit Prince décolle dans l'espace, ni vu ni connu, loin de la planète Terre pour retrouver sa planète à lui, plantée de baobabs, et sa rose chiante apprivoisée.

Je constate que toi et moi, on a grave du boulot devant nous pour pas nous faire zigouiller en famille. Pas question qu'on devienne des Mozart assassinés !! T'es d'ac là-dessus ? Tu l'as fait exprès, au fait toi, le « résiste pour que tu existes » ? C'était la chanson fétiche de ma grand-mère qui est morte. Elle a résisté tant qu'elle a pu mais son cancer, ce salaud, a eu sa peau.

Aurélien qui fait... lien et te dis à demain (si tu veux bien...) !

Cécile

mardi 31 mars, 21 h 13

J'aime pas *Le Petit Prince,* Aurélien,
j'aime pas les blondinets bouclés gnangnans
derrière lesquels se cachent des vieux qui philosophent
et j'ai mal à la jambe, Aurélien, mal à en crever,
et il n'y a pas de suicide génial
les roses ont des épines qui se plantent dans la chair
tu peux bien faire lien avec toutes les lianes de la terre, je suis une fille en mille morceaux par terre.
Je peux pas répondre à tes questions, y en a trop,
je veux pas penser à mes parents ni aux tiens, désolée,
désolée pour ton père terrifiant et ta mère terrifiée.
J'ai rêvé cette nuit que les miens étaient comme des eskimos gelés au fin fond d'une cave
et que je me trimballais avec une bassine vert foncé remplie d'escargots gluants.
Je sais très bien ce qu'on raconte derrière mon dos,
la fille friquée, toujours bien sapée
qui fait un vol plané,
on l'aurait jamais imaginé,
mais qu'est-ce qui s'est passé ?
Les gens adorent les faits divers,
ce sont tous des voyeurs.

Le malheur des autres leur permet de relativiser le
leur. J'en ai marre de ces charognards, Aurélien,
j'arrête pas de pleurer depuis ce matin.
je devrais pas te le dire,
mais je te le dis quand même
parce que je me fous de tout aujourd'hui.
J'ai trop mal au cœur.
Et me parle plus de Mozart assassiné.
Tchao Aurélien.

Aurélien

mercredi 1er avril, 12 h 17

Chère Cé,

Ton mail m'a laissé une sale impression de mal au cœur et, pendant quelques heures, je suis resté sans mots, sans idées, sans rien qui puisse servir à te sortir de la douleur ni dehors ni dedans.

C'est minable de ne pas pouvoir consoler quelqu'un, lui dire de tenir bon, de serrer les dents. Déjà, on se connaît peu et puis on est enfermés dans nos mondes. Je ne veux surtout pas t'emmerder et je sens que tout ce que je dirai sera pire que de me taire.

Tu n'es pas commode, tu rugis comme une lionne blessée : j'entends ton cri dans mon casque à moi. Ton rugissement traverse la ville jusqu'à mes tympans blindés où pourtant je fais gueuler de quoi me protéger comme toi.

Je n'ose même pas te dire ce que j'écoute en boucle depuis des jours, tu te foutrais de ma gueule. Et je crois que face à quelqu'un qui souffre, faut apprendre à se faire discret et même délicat. La fermer. Ne pas la ramener en parlant de son petit nombril. J'essaie, j'essaie.

J'espère que quelque chose ou quelqu'un (ta psy ou une infirmière sympa) a réussi à stopper ta crise de larmes. Ton rêve était dégueu. C'est affreux, ma pauvre. T'es même pas tranquille quand tu dors. Et moi qui croyais qu'en prenant tous ces médocs tu voyais des éléphants roses (ou bleu Dumbo) dans ta chambre jaune ! J'ai faux là-dessus comme sur tous les autres points. La vie, c'est pas Disney.

Une fois, tu m'as parlé de l'arbre devant ta fenêtre. Tu te souviens du marronnier dans le *Journal* d'Anne Frank ? Hébert nous avait fait lire le passage en quatrième. Anne Frank devait monter au grenier en douce et se mettre sur la pointe des pieds pour apercevoir le bout des branches par le vasistas. C'était son seul contact avec le monde. C'est elle qui m'a donné envie de commencer un journal. J'y pense souvent à cette fille. C'est horrible ce qu'elle a vécu ! Toi au moins, tu ne risques pas d'être exterminée et je suis certain qu'aux beaux jours tu pourras descendre t'installer à l'ombre de ton arbre. Et puis, promets-moi de ne jamais oublier que je suis là pour toi et que je te répondrai tant que tu voudras. OK ?

En attendant, mes parents me gonflent un max. J'ai des envies de meurtre. Je cogite le crime parfait : inoculer un virus mortel à mon père, et hop ! terminée ma galère !

J'arrête. Excuse.

Prends tes cachets et essaie de ne pas rêver cette nuit. Coupe le circuit.

Aurélien qui ne sert à rien (mais qui aimerait faire du bien)

PS1 : J'ai aimé comment tu as écrit ton mail. Si j'étais musicien, je pense qu'on pourrait le rapper. T'as pas rimé partout et pourtant ça le fait. Ta rage a fait trembler mon « côté fille ». Merci Cé !!

PS2 : Avec toi, j'ai gagné le gros lot : une chance, j'ai pas une gueule de *Petit Prince*. Tout le contraire. Si je ne me décide pas à aller chez le coiffeur, j'aurai bientôt une queue de cheval... médiévale (Cé pour la rime !)

Bonne nuit !

Cécile

mercredi 1er avril, 19 h 04

Ça va mieux aujourd'hui, ça va même bien. Désolée pour hier, Aurélien. Tu as été aux premières loges. Je ne pensais pas qu'on pouvait avoir autant de larmes dans le corps. Klara, ma psy, dit que c'est normal de craquer après le choc que j'ai encaissé. Que la révolte, la colère, la tristesse, faut que ça sorte. C'est un passage obligé pour recoller les morceaux éparpillés et reconstruire une Cé qui tienne debout.

Je m'aperçois que j'en suis encore loin. Faut même que je fasse gaffe parce que, plus j'ai l'impression d'être forte et de maîtriser la situation, plus je m'effondre en sous-sol. Dans ces moments-là, je ne comprends pas ce qui m'arrive. C'est tout si noir que je perds mes repères. Alors il faut que je touche le fond pour pouvoir remonter à la surface.

J'aurais préféré t'épargner ça, ce n'est pas très agréable, mais ça m'a fait du bien que tu sois là. Ta réponse était vraiment gentille. Promis : je n'oublie pas que tu es là, pas loin. Certains pensent que la gentillesse n'est pas une qualité très virile, pas moi. Je trouve au contraire que c'est essentiel pour un garçon.

Tu m'as fait rire avec ta queue de cheval médiévale, penché sur le cadavre de ton père virussé jusqu'à ce que mort s'ensuive. C'est pas beau d'avoir des pensées pareilles, Aurélien Dussart ! Mais ça fait du bien parfois.

Dis donc, t'es fortiche en classiques ! Après *Le Petit Prince*, voilà que tu me sers Anne Frank. Mais là, respect, j'adore. C'est un de mes livres cultes. Je ne garde pas un souvenir impérissable de madame Hébert, son imperméable caca d'oie, ses cheveux noirs striés d'une mèche blanche qui lui tombait sur l'œil comme une virgule, mais je me souviens de la découverte du *Journal*. D'ailleurs, je l'ai tellement aimé que ma grand-mère me l'a offert dans sa version non censurée par son père. Pas si franc que ça, le M. Frank ! Je ne l'ai pas encore relu mais je vais me le faire apporter.

Je me demande bien ce que tu écoutes dans ton casque. Est-ce que ce serait par hasard du Métal, genre ACDC ou Iron Maiden ? Pas du Francis Cabrel, quand même. Tu peux me le dire, tu sais, je me shoote bien à la musique baroque, moi, la faute à ma grand-mère qui adore. Le *Stabat Mater* de Pergolese, tu connais ? C'est juste sublime. Oui, oui, je suis ringarde, mais je m'en fiche.

Et puisque tu aimes les rimes,
voilà pour toi, en prime :
merci d'être là pour moi, Aurélien,
arrête de dire que tu ne sers à rien,
tu es le contraire d'un vaut rien,
tu es un chouette mec qui fait du bien,
quelqu'un dont on se souvient,
un gentil terrien,
genre magicien,
qui transforme mon quotidien.
Mouais... !

Cé

PS : Je suis morte de rire, ma grand-mère a débarqué au moment où j'allais t'envoyer le mail. Déguisée en infirmière pour me faire la surprise ! Ah ! Ah ! 1er avril ! Fallait voir la tête de la chef d'étage ! Elle m'a apporté son super cake aux fruits confits, du muesli fait maison, des Kiris, du chutney pour donner du goût à la bouffe insipide de l'hosto, des fraises, et un petit livre de poèmes d'Obaldia, les *Innocentines*, pour voir la vie en couleur. Elle est top ! Elle et toi, vous me faites un sacré filet de protection, mailles bien serrées.

Aurélien

mercredi 1er avril, 22 h 07

Y'a que maille qui m'aille comme dit la moutarde.
J'écris n'importe quoi
mais c'est à cause de ma joie.
Cé beau la vie, des fois.
Je sais que tu comprendras, toi.
Ta mère-grand est extra,
mon pépé aussi est extra,
je t'en parlerai une autre fois.
Et si on les mariait, ces deux-là ?
Ah oui, du Obaldia,
j'en ai appris en primaire :
ça disait « moi, ma grand-mère,
moi, mon grand-père »,
c'était un poème super.

Ce que j'écoute, là, à l'instant, c'est *Cold Song* de Klaus Nomi. Tu dois connaître si t'aimes le classique.

Il est mort jeune du sida. Moi, j'aime sa voix ni gars ni fille qui monte par degrés inquiétants dans les aigus. Ça m'arrache les tripes. Je ne sais pas pourquoi ça me fait cet effet-là. Je pige que dalle aux paroles mais sa voix fait bouger en moi des trucs tragiques et dangereux. Ça vibre comme un cri. Et puis, j'adore son look, sa façon de chanter complètement décalée, son maquillage de clown blanc et son visage redessiné au noir, y compris ses cheveux hérissés en pointes avec du gel. Alors, tu vois, pas de Francis Cabrel pour moi.

Bon, je saute du coq à l'âne : tu sais quoi ? J'ai oublié de te dire que j'ai toujours aimé les escargots. Pas pour les bouffer, mais en animaux de compagnie. Je sais, cé bizarre, mais pas plus que ton cauchemar avec ta casserole verte et tes parents. Comme mon père a toujours refusé que j'aie un chien ou même un poisson rouge, j'ai pu au moins ramasser gratos deux, trois copains baveux, les mettre dans une boîte en plastique avec des trous dedans, et le tour était joué. En ce moment, je n'en ai qu'un, il faut que je lui trouve un pote.

Voilà la vérité, chère « K-Cé » de l'hosto et de la vie : tu corresponds avec une espèce de réincarnation d'escargot. J'ai de la chance : tu me fais sortir de ma coquille qui, comme par hasard, rime avec fille. En plus, l'escargot est hermaphrodite. Non, c'est pas le nom d'une déesse de l'Antiquité comme ta Morphée morphinée, c'est que l'escargot est un animal à la fois fille et gars ! Fortiche !!

Alors, bises baveuses d'Escarg'aurélien (hum… je risque gros !)

Cécile

jeudi 2 avril, 19 h 07

Pas de connexion Internet de toute la journée. Je ne vais pas être longue, je suis crevée. Je dors tellement mal la nuit que je tombe comme une mouche à 20 heures.

Tu t'en doutes, je ne suis pas vraiment convaincue par l'Escarg'aurélien baveux de la fin de ton mail. Il sonne trop comme escarre, cette galère qui me guette si je reste trop longtemps allongée, des fissures dans le dos et le talon qui font souffrir un max et sont difficiles à cicatriser.

On dit que l'avenir appartient aux audacieux, mais là, franchement, je te conseille de revenir à une signature plus classique et de limiter avec moi les références aux gastéropodes pour lesquels je n'ai pas le même amour immodéré que toi.

Ces machins tout visqueux qui se font un chemin avec leur bave, *help* ! Ils me dégoûtent trop. Dis-moi que c'est faux, que tu n'es pas une réincarnation d'escargot ! Oublie ! Crois-moi, tu n'as rien à gagner à être hermaphrodite — merci, je connaissais la signification du mot ! — Je sais, en ce moment, c'est super tendance d'être non-binaire mais, moi, au risque d'être ringarde, je préfère choisir mon camp. Alors même si tu as un côté fille qui me plaît, je te trouve parfait en garçon.

Mais que tu écoutes Klaus Nomi, voilà une bonne nouvelle. J'adore, évidemment ! Il a écrit *Cold Song* sur une musique de Purcell, un des compositeurs adorés de Malette... C'est ma grand-mère. Bon, je sais, ça fait un peu neuneu, mais c'est le nom que je lui donnais quand j'étais petite. Et pas uniquement parce qu'elle s'appelle Arlette : à elle seule, c'est une vraie mallette de magicienne capable de mettre des bombes de couleur dans ma vie.

En attendant, j'explose de fatigue.

À demain, Aurélien, si Internet le veut bien. Je te raconterai le dingue coup de fil de mon père. Ce soir, je n'ai pas le courage.

Cé

Aurélien

vendredi 3 avril, 13 h 28

Normal, Cé, t'as pas supporté mon profil escargot. Toutes mes excuses les plus plates. T'aurais pu aussi y entendre GO, dans escargot, et ç'aurait pu te donner du courage.

Je ne connaissais ni les escarres ni l'« escargophobie ». Donc, je m'écrase sur ce coup et retire illico mes bises baveuses pour ne pas t'incommoder. T'as eu raison de me les renvoyer même si, au passage, t'as failli écraser ma coquille. Pas grave. Je m'en remettrai. Toi autant que moi, on a intérêt à endurcir nos peaux et nos carapaces physiquement et moralement pour ne pas nous laisser esquinter davantage, non ?

À propos de père, désolé de t'imposer cette lecture pas marrante, mais j'ai besoin de te faire lire ce que j'ai écrit là-dessus dans mon journal. Cé pas pour étaler mes états d'âme. Cé pas pour que tu me plaignes. Cé pas pour t'appeler au secours. Cé pour que tu en saches un peu plus sur moi. Un moi que je n'adore pas, contre lequel je me débats. Un peu comme toi avec ta jambe en mille morceaux.

Ce soir, 14 mars, au lieu de fêter l'anniversaire de maman, mon père a enchaîné cannettes de bière sur apéro. Avachi comme d'habitude sur le canapé du salon aussi avachi que lui. Les baskets posées sur la pile de Psycho-Mag *de la table basse. Aujourd'hui, j'ai décidé de ne plus jamais l'appeler père et encore moins papa. Marre de faire des efforts pour faire comme si… pour être gentil, pour lui trouver des excuses. Il a mis sa petite graine dans ma mère, d'accord. Mais vu le genre de père qu'il est, même le mot géniteur est trop doux. Je ne veux pas de lui dans mes gènes. Je veux l'expulser de moi en attendant de m'expulser, moi, de chez lui. Je dois lui trouver un nom d'ennemi mortel, un nom de barbare, de salaud. Tiens, Hitler, par exemple ? Ça lui irait comme un gant (de boxe ou de fer). Bon, j'exagère, simplement H. ou Hache. Ça dirait bien :*

Sa sale tête rougeaude en lame de couteau
Ses mains poilues qui transpirent
Ses yeux gris acier glacé qui fusillent
Ses mots tranchants à couper le souffle

Oui, Hache, c'est parfait : en plus, ça rime avec cravache ou peau de vache.

Hache est accro à la haine et pas seulement au hash. Il fume, sniffe, ingurgite, vapote et crapote

plein de produits autorisés ou non. Après quoi, soit ça le rend dingue et il se déchaîne en cassant tout sans épargner les êtres humains à sa portée, soit il s'effondre comme une loque dans son vomi,
puis rampe style ver de terre
jusqu'aux waters.
Misère !
Qui passe la serpillère ?
Pas de mystère
c'est pas la bonne à tout faire
mais ma pauv' mère
à quatre pattes par terre.
Bon. Vaut mieux rimer que pleurer, je me dis, pas fier.

Un mec qui pleure, déjà, c'est les boules. J'arrive plus à me regarder dans la glace et depuis ces derniers temps, je ne supporte plus ma mère muette, planquée de son mieux derrière son ordi. Je me demande si elle n'est pas, en fait, une femme d'ogre de conte de fées. Une complice qui engraisse et prépare les petits « lardons » tout nus couchés dans le saloir, une qui affute ses couteaux pour fendre en deux le ventre dodu des bébés à rôtir, une qui met des bûches sous le chaudron et le couvert pour son ogre d'homme affamé. À table ! C'est prêt ! Exactement ce que ma mère vient de crier de la cuisine. Faut que j'y aille. Bon appétit la vie !

Toutes mes excuses, Cé, de t'avoir confié cette page. Elle risque de te rester en travers de la gorge vu ton appétit d'oiseau. Tu as plein d'autres choses plus importantes à penser pour ta santé. Si jamais ça me reprenait (mais promis, je vais essayer d'éviter à l'avenir), tu pourras sauter les lignes en italique. Te gêne pas pour me renvoyer mon mail avec « Inconnu à cette adresse ». Je préférerais ça à ton silence.

Aurélien. Cé tout.

Cécile

vendredi 3 avril, 19 h 19

Ouh ! Là ! Le gentil Aurélien se déchaîne. J'imaginais pas qu'il y avait toute cette violence en toi. Ça fait peur, oui vraiment, ça fait peur. Ton extrait de journal m'a filé la chair de poule, on se croirait dans un film d'horreur. C'est pas rien de le comparer à Hitler, ton père.

Si ton père te cogne, s'il frappe ta mère, il y a des numéros à appeler, des plaintes à déposer, des gens qui peuvent aider, ne serait-ce qu'au lycée, d'ailleurs. Tu pourrais peut-être en parler à l'assistante sociale, je suis sûre qu'elle connaît ça par cœur parce que malheureusement tu n'es pas le seul. Si tu n'alertes personne, d'une certaine façon, toi aussi, tu es complice. Un alcoolique camé, ça peut être dangereux. Ton père, il est malade. Il n'y a pas de raison qu'il change. Faut tirer la sonnette d'alarme. C'est maintenant, Aurélien. N'attends pas qu'il soit trop tard. Tu as bien compris que ta mère ne bougerait pas. Toi, tu as toute ta vie à sauver. Et crois-moi, elle en vaut la peine.

Du coup, j'ai pas trop envie de parler du mien, de père, parce qu'il ne joue pas dans cette cour. S'il y a violence, elle est vraiment différente et, en fait, là, je préfère ne pas y penser. Ça ne me dit rien de participer au concours gore, je ne suis pas sûre que ça me fasse du bien.

Tu vois, Aurélien, j'ai besoin de calme et de beauté autour de moi. Toute la vilaine poussière du monde, je veux la faire voler, qu'elle se teinte d'or dans le soleil. Et que, toi aussi, tu sois dans cette poussière lumineuse.

Je veux regarder les nuages se former et disparaître dans le ciel, je veux danser en pensée dans un champ de graminées, je veux prendre de la hauteur. Je suis ici pour retrouver la paix, me reconstruire le corps, la tête et le cœur. J'ai besoin de toi, j'ai besoin de l'Aurélien qui écoute Klaus Nomi et fait des rimes à deux balles, pas d'un Aurélien qui se laisse tabasser par son père en mijotant, les dents serrées, des envies de meurtre. J'ai l'impression que tu es tellement à bout que tu pourrais faire une bêtise.

Je reprends un peu plus tard. Je suis désolée, Aurélien, je ne me sens pas très bien. Il y a les vilaines images de ton père qui tournent en boucle dans ma tête. Je ne peux pas encaisser ça en plus du reste.

J'ai honte, j'ai l'impression de me conduire comme une sale égoïste, peut-être je ne devrais pas te le dire, mais, depuis le début, on est dans la parole vraie, toi et moi.

Là, c'est trop, je crois qu'il me faut une pause. On va arrêter de s'écrire pendant quelques jours. On a été à fond tous les deux, on s'est dit plein de choses dans l'urgence. Je ne sais pas quoi faire de tout ça pour le moment. Je me sens fragile, flottante et un peu perdue.

Ne m'en veux pas, Aurélien... quelques jours seulement.

Au fait, le numéro, c'est le 119.

Cé

Aurélien

samedi 4 avril, 11 h 07

OK pour ta pause. Compris. Je ne t'en veux pas. C'est toi qui as le droit de m'en vouloir. Un journal intime, c'est fait pour rester intime.

Rien que pour te rassurer et que tu profites du calme et de la beauté pendant les jours « sans », à venir : n'aie pas peur, je ne suis pas un assassin. Mon père est juste un pauvre type et pas un tueur, enfin, j'espère ne pas me tromper. Des fois, j'en fais un peu trop. Tu sais que je suis le roi du hors-sujet en français. J'écris ce qui me vient parce que j'ai l'impression que je ne m'en sortirai pas. Et puis, miracle, sans que je sache vraiment pourquoi, juste en regardant par la fenêtre grande ouverte sur le boulevard, j'ai tout à coup un gros flot d'espoir qui me prend. Un peu comme une max-vague quand on surfe.

Je me dis que tu seras bientôt sur tes deux pattes et que peut-être, toi aussi, tu auras envie de balades dans le quartier, de rigolades, de ciné... Merci quand même pour tes conseils. J'espère ne pas avoir à appeler le numéro des enfants massacrés. Je suis sûr qu'il y a plus malheureux que moi. T'affole pas.

Respire et regarde ton arbre qui doit faire des feuilles maintenant.

Il y a deux gendarmes à cheval qui passent dans la rue. J'adore le clip-clop des sabots sur la chaussée. Ça me brancherait bien la police montée. J'ai déjà commencé mes recherches sur Internet : faut avoir 18 ans et le bac ou passer des exams... J'aime bien l'idée. Toi, tu sais déjà ce que tu veux faire plus tard ?

Bon, Cé, me réponds pas. Je te lâche les baskets (à moins que tu sois en chaussettes *because* tes gros bobos partout). Je me tais pour te laisser souffler autant que tu veux.

Aujourd'hui, il fait beau comme si c'était l'été, alors juste pour te faire sourire, voici une devinette marrante niveau CP :

Quel est l'animal le plus rapporteur ?
Réponse, le cheval parce que : « Cheval dire à ma mère ! »
Te moque pas. Je fais ce que je peux.
À quand tu voudras, cé toi qui vois !

Aurélien

PS : C'est le premier jour des vacances de printemps aujourd'hui. Je vais peut-être aller chez mon grand-père, pas sûr... Je passerais bien te voir avant... enfin, si tu veux.

Cécile

mardi 7 avril, 13 h 02

Coucou Aurélien, me revoilà,
à petits pas.

Si tu veux bien continuer,
je suis d'attaque.

En réalité, j'ai continué à écrire durant ces quatre jours ou plutôt à t'écrire même si je n'envoyais rien parce que, dans les mots, il y a de la lumière et que j'en ai besoin, de cette lumière-là.

Ce sont des fragments, un peu décousus, un peu émiettés, à mon image, qui assemblés à d'autres pourraient former un portrait kaléidoscopique de la fille que je suis. Ne m'accuse pas de gros mots : je suppose que toi aussi tu as été fasciné par tous ces petits bouts de verres colorés qui, en se combinant, inventent des images à l'infini.

Avant, j'étais joyeuse, vraiment,
et puis, la joie s'est fissurée progressivement,
je ne sais pas très bien comment.
Il n'est resté qu'un petit tas qui a volé au vent.

Maintenant, je fais partie des fragiles.

Les bourgeons des arbres explosent.
Toute cette sève, toute cette vie,
et la mort qui rôde.

Rien n'empêche les saisons de se succéder.
L'automne, l'hiver, le printemps et l'été
se fichent bien des macchabées.

J'ai l'impression que tant qu'il y a du soleil,
rien ne peut m'arriver de grave,
mais la nuit...

Mes pensées jouent au billard
aux quatre coins de mon cerveau.

5 heures, je me réveille avec les oiseaux. J'aimerais ouvrir grand la fenêtre pour que leur chant emplisse ma chambre mais les battants sont bloqués par un verrou qui a été installé après qu'un patient s'est balancé dans le vide.

Je me trouve des sentiers intérieurs pour m'échapper vers La Maison sur la mer, la maison de Malette. Je cours sur la plage, je sens le sable humide sous mes pieds, la caresse fraîche de l'écume.

Ici, je suis limitée à l'essentiel.

Dans le regard de Malette, je suis une reine,
dans celui de ma mère, une bouse.

J'ai deux kinés, une brune, une blonde,
elles s'appellent Laura et Christine,
l'une me fait travailler le matin, l'autre l'après-midi.
Allez, allez, on s'applique et on respire,
six secondes sur l'expire,
quand on plie, plie, plie le genou.
Allez, allez, encore un petit effort !
Mais j'ai beau faire, ça bloque et ça fait mal.
Tu es comme une vieille mémé toute rouillée,
ma pauvre Cé.

Ce matin, une aide-soignante aux cheveux bleus
m'a oubliée sous la douche sans sonnette, porte fermée.
J'ai attendu qu'on m'apporte une serviette
et me sorte de là. Je grelottais,
j'ai sifflé pour me réchauffer.

Tu me demandes, Aurélien, ce que je veux faire plus tard.

Plus tard... ça sonne bizarre. J'ai perdu l'habitude de conjuguer au futur. Peut-être écrire ou faire pousser des arbres. Non, franchement, je ne sais pas. Ça doit être cool de travailler à cheval. Ça donne de la hauteur. Tu as raison de te renseigner si la police montée te branche.

J'ai mon entretien avec Klara cet après-midi. Ça me fait du bien de lui parler. Elle est incroyablement attentive à tout ce que je dis et rebondit juste pile-poil quand il faut. J'aime bien sa façon de se positionner par rapport à mon histoire, à ma famille, à l'accident. En restant extérieure tout en étant impliquée, si tu vois ce que je veux dire. Clairement, elle est là pour moi, pour m'aider.

J'ai beaucoup pleuré lors des premières séances, mais maintenant ça va mieux. Je ne suis plus une vallée de larmes. Je sens qu'il y a quelque chose qui se stabilise et se fortifie en moi.

Je réalise tous les jours combien j'ai de la chance d'être vivante.

Je suis contente de reprendre le fil avec toi. C'est tellement plus fort de s'écrire que de se parler de vive voix ou au téléphone. Ça viendra, c'est sûr, mais pour le moment, je préfère les mots posés aux paroles qui volent. Je crois qu'il est encore trop tôt pour venir me voir. Je sais que tu comprends.

Cé

PS : Ta blague à deux balles m'a fait rigoler !

Aurélien

mardi 7 avril, 15 h 06

Eh bien, Cé, bonne nouvelle, j'ai pas trop souffert du manque. Cette petite cure de désintox en quatre jours ne m'a pas donné plus de boutons que d'hab.

À te lire, je me dis : chouette, la fragile est de nouveau d'attaque et comme je ne craignais pas que le fil entre nous soit rompu, je découvre qu'au fond, j'ai une sacrée confiance en toi. J'y crois tout à fait quand tu me dis que tu ne m'abandonneras pas. C'est réciproque.

Mais ce qui n'est pas passé, c'est ta scène de douche avec cette crétine aux cheveux bleus qui t'a laissée te les geler. J'ai pas pu m'empêcher de faire le rapprochement entre toi oubliée sous ta douche et... d'autres douches du programme d'histoire. Tu vois ce que je veux dire ? Tu te souviens du cours de Prévost sur la Seconde Guerre mondiale ? Il voulait même emmener notre classe à Auschwitz (je ne suis pas sûr de l'orthographe), sur les lieux du crime. Jamais su pourquoi ça ne s'est pas fait. Les parents d'élèves, je crois... En tout cas, moi, mes parents étaient contre.

Ta « lumière des mots » et ta vie « fissurée », ça m'a rappelé une hyper belle citation de Léonard Cohen : « Il y a une faille en chaque chose, c'est par là qu'entre la lumière. » Génial, non ? Elle me parle tellement, cette phrase, que je l'ai affichée juste au-dessus de mon bureau.

Sinon, je suis comme toi : pas pour des images fixes en noir et blanc, mais pour un kaléidoscope de couleurs. Rien n'est tout noir ou tout blanc, hein ? Pas même mes parents.

À propos de faille, je pige rien à tes rendez-vous avec ta psy. Tu as l'air de bien en profiter puisque tu n'arrêtes pas de dire cette chose formidable : « j'ai de la chance d'être vivante ». Bon. Mais pourquoi tu l'appelles par son prénom, ta psy ? C'est elle qui veut ? Comme une instit' de maternelle ou une espèce de copine en plus vieux ? Et est-ce que tu la tutoies, en plus ? Et elle ?

Moi, je déteste les adultes qui se permettent de me tutoyer. Si un jour ça t'intéresse, je te ferai un petit topo de ma seule et unique séance chez le psy l'an dernier. Déjà, ça m'a bien fait rigoler quand ma mère m'a dit que son cabinet était dans le quinzième, métro Cambronne. Cabinet de merde, oui ! Et ça s'est confirmé... Merci à monsieur Cambronne qui a inventé le plus chouette gros mot de la langue française. Enfin, tu as le droit de te foutre complètement de ce que je pense de ta psy. Le principal, c'est que tu ailles mieux.

Voilà. Je vais aller nettoyer la boîte de mon escargot, parce que ça finit par puer la vieille laitue mouchetée de crottes séchées. Mais c'est si bon d'avoir un pote à la maison ! Quand je lui change sa salade, il me remercie tout de suite en sortant ses cornes. Encore un peu, je l'embrasserais. On a les amis qu'on peut !

Je te souhaite tout ce que tu souhaites et que du meilleur !

Aurélien qui va bien ce matin

PS1 : Tes phrases, je pourrais en faire des chansons. Elles sont inspirantes. Au dernier cours de musique, Makarenko m'a dit que j'avais une belle voix pour un gars qui vient de muer. Je ne suis pas convaincu mais si elle le dit...

PS2 : J'ai aussi vu passer une policière à cheval. Si ça te tente !

PS3 : Tu me donnes envie d'écrire en rimes,
mais sans talent, à quoi ça rime ?
Ce serait un crime !
À bas la déprime !
A.

Cécile

mercredi 8 avril, 15 h 58

Petite devinette :
Il est d'un beau noir profond,
avec des jantes en acier,
un cale-pied trognon,
et un repose-jambes très étudié,
qu'est-ce que c'est ?
Ta dam ! Mon fauteuil roulant,
mon nouveau chevalier servant !
Enfin !
Il y a un moment que je l'attendais, celui-là !

J'ai fait ma première sortie tout à l'heure, droit devant dans le couloir, petit tournant bien maîtrisé pour me diriger vers l'ascenseur. Pas facile d'atteindre le bouton, mais en me pliant à 180 degrés, j'y suis arrivée et même à entrer dans la cabine, genre monte-charge tout tagué. Petite descente au rez-de-chaussée, remontée illico au second, puis retour dans ma chambrette.

Je ne suis pas sûre de t'avoir dit qu'elle est jaune, ma chambre, mais alors d'un jaune ! Ni poussin, ni bouton d'or, ni soufre, un vieux jaune tout pourri, mochissime. Il faut être vicieux ou complètement inconscient pour choisir une couleur pareille. Remarque, ça ne m'empêche pas de l'aimer, ma petite chambre toute calme avec sa vieille fenêtre à la peinture écaillée et sa vue imprenable sur le bel arbre qui reprend vie, feuille à feuille, jour après jour. Je crois que je n'avais jamais vu l'arrivée du printemps d'aussi près. Je suis aux premières loges et c'est magique.

Donc, maintenant que j'ai mon super engin mobile, je vais pouvoir aller en salle de kiné découvrir ce paradis dont n'arrêtent pas de me parler mes deux fées, Laura et Christine. Demain ! J'ai hâte.

Tu veux en savoir plus sur mon agenda psy ? *No problemo, Mister* A. J'ai rendez-vous avec Klara deux fois par semaine, en principe le mardi et le jeudi après-midi, à 14 heures, mais c'est sans compter les réunions, les urgences, les imprévus, si bien qu'il m'arrive aussi de la voir le vendredi à 17 heures ou le mercredi à l'heure du déjeuner.

Je ne comprends pas pourquoi tu fais une fixette sur le fait qu'elle se fait appeler par son prénom. Moi, ça ne me dérange pas, c'est un détail sans importance. Sinon, on se vouvoie, ça me semble normal.

Tu es marrant, Aurélien, parfois tu pars au quart de tour sur des sujets bizarres. Tu n'as vraiment pas l'air de les aimer, les psys.

Il faudra que tu me racontes ton expérience avec le tien. Je te sens tellement dégoûté qu'il devait vraiment être nul. C'est dommage parce que, franchement, ça aide. C'est en vidant mon sac que je m'aperçois qu'il était plein à craquer. Rien qu'avec ma mère, j'ai de quoi tenir jusqu'à la fin de l'année.

Il y a un truc que je réalise, c'est que ça me fait du bien d'être moins connectée. À part Malette, mon père, toi et un peu Axelle — une copine de Bretagne —, c'est le calme plat. Rien à voir avec la folie d'avant, les chats jusqu'à pas d'heure, les stories à répétition, la grosse surenchère entre filles, qui parfois me tenaient éveillée jusqu'au milieu de la nuit.

Connectée = ficelée et même esclavagée...

Bon, je ne vais pas faire ma vieille décalée qui a tout vu, tout connu et qui est revenue de tout. Le dîner vient d'arriver, normal, il est 18 h pétantes. Ça sent le brocoli trop cuit dans toute la chambre. Heureusement qu'il y a un fromage blanc et une pomme. Et puis, vive les compléments troisième âge pour les quilles à la vanille toutes Kcées !

Tchao Or
ailes
lit
hein !

PS : Ça fait un moment que j'écris des paroles de chansons. Je te les montrerai si tu veux.

Aurélien

mercredi 8 avril, 17 h 12

Cé extra !!
Le pape a sa Papamobile et toi tu roules en Cécémobile.
Alors, je te souhaite
une vie comme sur des roulettes.
T'auras des épaules d'athlète
à force de conduire ta brouette.
Je comprends bien qu'il te tarde
de sortir de ta cellule moutarde,
tu vas enfin pouvoir te battre
pour dévaler les marches quatre à quatre.
J'ai senti ton brocoli
puer jusqu'ici.
Bon appétit !
Moi, j'ai pas fini mes spaghettis.

Aurélien

Aurélien

mercredi 8 avril, 18 h 32

Bonsoir Cé,

Je viens de t'envoyer un mail débile. Pendant que je faisais des rimes à deux balles, j'ai reçu un message, je ne sais pas si tu l'as eu. C'est horrible : Makarenko a fait un AVC. Elle est dans le coma. Il paraît que c'est pas gagné pour la sauver.

Et voilà, fallait que ça tombe sur ma prof préférée !

Je ne sais pas quoi te dire de plus. Je suis dégoûté. Je vois pas avec qui d'autre que toi partager cette nouvelle.

Une chance, vu l'heure, pour que tu dormes avec la tonne de médocs antidouleur que tu ingurgites.

À demain ?

Aurélien chagrin

Cécile

mercredi 8 avril, 19 heures

Non, pas Maka, la plus super et rigolote des profs ! Pas elle !

Elle y croit tellement quand elle fait la maîtresse de chœur. Tu te souviens, ce truc dingue d'Offenbach, enfin, je crois que c'était Offenbach, *L'Entrée des rois* ou quelque chose comme ça, ça partait dans tous les sens, personne ne respectait le tempo, une vraie cata et pourtant elle a pas lâché et on l'a chanté à la fin de l'année. On a même été applaudis debout.

Je n'arrive pas à croire que notre Maka-magnifique soit hors circuit. Ce n'est pas possible, elle va s'en sortir, j'en suis sûre. Maka, c'est un roc !

En attendant, toute seule, toute triste dans ma petite chambre jaune, je chagrine avec toi.

La vie est injuste, Aurélien.

Cé

Aurélien

jeudi 9 avril, 17 h 01

Depuis hier, je ne pense qu'à Maka, je me demande ce qu'on pourrait faire pour elle : lui écrire une chanson ? Elle qui aime tant la musique, on devrait lui en faire écouter pour la sortir de son coma. Remarque, une chanson de moi qui mue, c'est peut-être pas un cadeau !

J'ai l'impression que tout se casse en ce moment, toi, Maka, mes parents. J'en ai marre. J'aimerais me casser, enfin, pas en mille morceaux comme toi, me casser de cette vie pourrie.

D'ailleurs, je me demande si la plupart des accidents ne sont pas des suicides masqués... Bon, j'arrête ! C'est pas le moment de te prendre la tête. Je patauge dans la semoule, et j'aime pas ça. Et toi non plus, je suppose. Mais après tout, je suis un peu comme tout le monde à notre âge, pas vrai ? Ça m'intéresserait de savoir ce que tu en penses, toi qui viens de frôler la mort « par accident ».

Aujourd'hui, j'arrive pas à émerger du brouillard et, pourtant, il fait soleil, même dans ma chambre.

Cette nuit, j'ai fait que des cauchemars. La nuit des morts-vivants en replay. Pas arrêté de penser aux gens dans les hôpitaux en train de mourir.

Je pars demain chez mon grand-père. Au fait, je l'appelle Papik.

J'ai pas vraiment envie de t'en écrire plus ni de me marrer, ni de te faire marrer. Quand j'écris, Cé comme toi, je me sens vivre.

À part ça, même si tu t'en fous du bahut : on aura les évals à la rentrée. Pour l'instant, Chatillon nous a demandé un dossier sur le thème : « Avez-vous rencontré des personnages de romans vivant un enfermement ? Lesquels ? Évoquez les circonstances. » À part Anne Frank, je vois pas. Et pour Le Petit Prince, je ne suis pas sûr. Tu sais que je suis le roi du hors sujet.

Je me souviens que la prof d'anglais nous avait parlé d'une poétesse qui ne sortait jamais de chez elle. J'ai paumé son nom...

Si t'as des idées...

Bon. J'attends un message d'Éléonore, elle va essayer d'avoir des nouvelles de Maka par sa mère qui est aide-soignante.

Une bise, mais pas pour te faire rougir.

Aurélien pas toujours malin

Cécile

vendredi 10 avril, 12 h 47

Une poétesse qui ne sortait jamais de chez elle, ce ne serait pas Emily Dickinson ? J'ai lu un super roman graphique sur elle. Elle était américaine, s'habillait en blanc, ne voyait personne et écrivait des poèmes courts et étranges remplis d'insectes, de fleurs, de rêves, comme celui-ci que j'ai noté dans mon journal :

Pour faire une prairie il faut un trèfle et une seule abeille,
Un seul trèfle, et une abeille,
Et la rêverie.
La rêverie seule fera l'affaire,
Si on manque d'abeilles.

Si on manque d'abeilles, tu ne trouves pas que c'est génial ?

Encore une qui était à fond dans les histoires de mort... comme toi... avec une différence, c'est que pour elle, la mort était comme une amie, mystérieuse et proche.

Tu tournes beaucoup autour du pot, Aurélien, le pot du suicide, tu n'arrêtes pas d'y revenir.

Tu penses que je me suis suicidée, c'est ça ? Je vois bien que tu essaies de savoir ce qui m'est arrivé.

Vrai suicide raté ? Accident qui serait en réalité un suicide non avoué, masqué, dis-tu ? Mais qu'est-ce que ça peut faire ? Le problème, c'est peut-être cette « semoule », comme tu l'appelles, dans laquelle nous pataugeons tous. Et puis, il y a le désespoir, qu'est-ce que tu en fais du désespoir ?

Tu vois, Aurélien, je crois que ce n'est pas si simple, pas tout noir ou tout blanc. Alors, j'aime mieux passer à autre chose.

L'enfermement et le confinement, par exemple. C'est un bon sujet, ça me plaît. On pourrait rajouter *La Métamorphose* de Kafka, tu sais, ce type qui n'ose plus sortir de chez lui parce qu'il s'est réveillé transformé en cafard.

C'est une bonne idée de penser à Maka en musique. Moi, je viens de me mettre à fond *Life on Mars* de David Bowie à sa santé. En voilà un qui me donne des frissons. Pour toi, rien que pour toi, Maka ! Eh oui, j'ai envie de la tutoyer, ça m'a pris comme ça. Et

rien ne m'empêche de le faire parce que je suis
LIBRE.
Elle est libre, Cé,
y en a même qui disent qu'ils l'ont vue voler...

Allez, tchao, gentil Aurélien.

PS : Il habite où, ton grand-père ?

Aurélien

vendredi 10 avril, 17 h 09

Ah oui, Cé, t'as entièrement raison : j'avais oublié *La Métamorphose*. Ce roman m'a tellement pris aux tripes... Parfois, c'est pas que j'ai le cafard, c'est que je me sens carrément devenir cafard. C'est toujours après une engueulade avec mon père et elles se multiplient, ces temps-ci. Mais, bonne nouvelle, mon père, pour la première fois hier, j'ai réussi à lui dire MERDE, que j'en avais marre d'être maltraité, que je ne me laisserai plus faire et même que si ça continuait, je trouverais le moyen de me barrer pour toujours. Résiste pour que tu existes !

Mon père tenait plus trop sur ses jambes. Quand il a voulu m'envoyer une baffe, j'ai esquivé et il s'est pris une étagère en plein pif. Moi, je suis allé m'enfermer dans ma chambre et j'ai mis à fond mon casque quand ma mère est venue miauler à ma porte. Elle revenait des courses et était, une fois de plus, à côté de la plaque, genre « pas ma faute, je ne suis au courant de rien ».

Eh oui, plus je grandis, plus je trouve insupportable d'être traité comme un moins que rien par des gens qui normalement sont censés m'aimer (un peu) vu que je fais (un peu) partie de leur famille. Je ne dis pas que tout enfant est le résultat d'une histoire d'amour (je ne crois plus au Père Noël), mais tout de même !

Cé dingue, rien que de t'écrire, ça me donne de l'énergie. J'y croyais plus. Avant toi, je pensais finir ma vie écrasé comme une pauvre bestiole (escargot ou cafard, au choix). Plus ça va, plus je crois ne pas me tromper tout à fait à propos de toi. Finalement, je te connais mieux en deux semaines de mails qu'en quatre ans de collège et lycée. Ça m'éclate quand tu écris « je suis libre ». Merci pour Dickinson. En échange, regarde la super belle citation que je nous ai trouvée :

« Tant qu'on résiste, on est encore quelqu'un. On garde un pouvoir. Le pouvoir de dire merde. On l'aime ce mot ? Oui, on l'aime. »

Le Henry Bauchau qui a écrit ça, chapeau ! En plus d'être écrivain, il était psychologue pour ados. J'aurais aimé tomber sur lui plutôt que sur monsieur Cambronne qui m'a tutoyé dès que j'ai posé le pied dans son cabinet de chiotte comme si j'avais 5 ans. Je te passe les détails. Encore un peu, il me proposait des crayons de couleur pour lui dessiner une maison ou de faire un bonhomme en pâte à modeler.

Mais je ne veux surtout pas te gâcher ton plaisir avec ta Klara à tu et à toi. Le principal, c'est que tu t'en sortes. Y'a que le résultat qui compte !

Bon, suffit pour aujourd'hui. Merci de m'avoir dit que je suis « gentil ». C'est un mot tellement pas à la mode qu'il y en a qui l'utilisent version gros mot comme « intello ». Toi aussi t'es gentille mais sacrément bourrée d'épines quand tu te mets en boule comme une hérissonne !

Cé tout et peut-être beaucoup, beaucoup trop de blabla. Tu me diras. Plus je t'écris, moins je remplis mon journal. Maintenant j'y note juste des citations et encore. Cé comme si tu étais ma Kitty d'Anne Frank, une amie imaginaire. T'as raison : vive l'imagination quand on n'en peut plus de la réalité !

Sinon, mon grand-père habite à Provins, et je suis bien content de m'être barré de la maison pour respirer un peu. J'ai droit à ma confiture de pétales de rose au petit-déj' comme quand j'étais petit. C'est une spécialité du coin et ça m'aide à voir la vie en plus rose dès le matin.

Aurélien *out of* chagrin

PS1 : Ta Léa détestée s'y est collée pour faire tourner les news de Maka : état stationnaire. Bof. Faut faire les vœux qu'on peut. Moi, le meilleur souvenir d'elle, c'est l'an dernier, quand elle a voulu nous faire jouer une scène de *West Side Story* pour profiter des échafaudages de la cour de récré. Éclatant ! (Surtout la tronche du proviseur qui flippait à cause des assurances et des parents d'élèves.)

PS2 : Tu fais plein d'allusions à ta mère mais, en fait, t'en parles jamais vraiment. Tu peux m'en dire plus ?

Re-Cé tout !

a.

Cécile

samedi 11 avril, 10 h 35

Bravo d'avoir tenu tête à ton père, Aurélien. Je suis fière que tu sois entré en résistance et peut-être de ne pas être totalement étrangère à cet acte de vraie bravoure. Je suis bien placée pour savoir combien il est difficile de s'opposer à ses parents.

Aujourd'hui, c'est jour de gloire : je viens de recevoir un SMS commun de mes frères et sœur me souhaitant un bon rétablissement. Moins de dix mots enrobés dans une nuée d'émojis. Remarque, c'est mieux que le rien d'avant. Je sens que mon père y est pour quelque chose. Je suis sûre que c'est lui qui leur a soufflé d'envoyer un petit mot à leur grande sœur. C'est un organisateur-né, mon père. Nul en psychologie mais fortiche en communication planifiée. Il m'a quand même demandé il y a quelques jours d'envoyer un message à ma mère pour prendre de ses nouvelles ! C'est moi qui suis en mille morceaux mais, comme d'hab, c'est elle la victime.

Tu veux que je te parle de ma mère ? Pauvre femme, pauvre mère, tellement choquée par l'accident de sa fille qu'elle s'est fait hospitaliser en même temps que moi pour être placée en cure de sommeil ou un truc comme ça. Ses pauvres nerfs n'ont pas résisté au choc ! Inutile de te dire qu'elle ne s'est pas manifestée une seule fois — si, j'exagère, une fois, deux lignes pour se plaindre de sa « souffrance psychique » à elle — mais, moi, la cassée de partout, je devrais encore une fois ramper à son chevet pour lui dire que je suis désolée de l'avoir fait craquer. Elle est si fragile. Être une femme déprimée, tu sais, c'est pas si facile...

Rien que d'y penser, je grimpe au cocotier de ma colère. Vite, passer à autre chose et ne plus en parler. Le sujet est trop délicat, trop douloureux, je le garde pour Klara. J'ai peur de devoir changer « père organisateur » en « père manipulateur ». Au secours !

Je préfère te raconter le paradis des kinés, les deux grandes salles du rez-de-chaussée aux box grillagés bien alignés avec leurs tables de massage bleues qui montent et qui descendent à volonté, les ballons et les sangles de toutes les couleurs, les grosses cacahouètes jaunes, les skates et les planches à roulettes pour l'équilibre, les batteries de vélo immobiles, la grosse presse et la machine à verticaliser sur laquelle on m'a sanglée ce matin et où j'ai failli tomber dans les pommes. Pas évident de réapprendre la position debout !

Sinon, c'est vraiment cool : la lumière, radio Nova ou FIP en sourdine, les kinés en tenue blanche qui virevoltent d'un patient à l'autre, les blagues qui s'échangent, franchement, on se croirait plus en classe de maternelle que dans un centre de rééducation pour démolis de la carcasse.

Mes épines et moi, on t'embrasse, ah ! ah ! Et tant pis si ça pique. Tu l'as bien cherché.

Cérissone

PS : Nuance, je ne déteste pas Léa, c'est elle qui ne peut pas m'encadrer, je me demande bien pourquoi.

Et ton Henry Bauchau, qu'est-ce qu'il a écrit d'autre ?

Aurélien

samedi 11 avril, 15 h 12

Au moins, toi tu piques. Moi j'ai toujours ma peau de bébé comme dit ma mère que ça a l'air de réjouir de me garder en modèle réduit, imberbe. Quant à mon père, depuis qu'il est au chômage, il a décidé de ne plus se raser et de se laisser pousser la barbe à la sauvage. Du coup, il se sent aussi hyper viril que Barbe-Bleue. À quoi ça tient de rouler des mécaniques : à trois poils de plus ou de moins ! N'empêche que je me préférerais avec des poils sur la figure plutôt que des spots mortels plein la gueule. Y'a plus agréable que de se faire traiter de tronche de cake au bahut.

Mais je devrais pas trop me plaindre vu la charmante salle de torture que tu décris. Je n'arrive pas à comprendre ce qui te rend si heureuse là-dedans. Les gens ? Le lieu ? L'espoir de guérir ? Les médocs qui te rendent euphorique ? Les quatre sans doute. À moins que tu sois maso. Tu donnerais presque envie de se faire enfermer dans un hôpital. J'avoue qu'entre chez moi et ton centre, y'a pas photo : j'aime tout de même mieux être planqué dans ma chambre. Je suis devenu assez fort dans le genre « je bosse un contrôle ». Pour les parents, l'école d'abord. Respect. Au moins j'ai la paix.

Je me suis renseigné sur Bauchau. Il a écrit pas mal de romans dont un qui s'appelle *L'Enfant bleu*. C'est l'histoire d'une psy qui suit un adolescent autiste et va l'aider à sortir de sa maladie grâce au don qu'il a pour la peinture. Enfin, je l'ai pas lu, mais ça me donne plutôt envie.

À part ça :

J'ai adoré quand tu grimpes au « cocotier de la colère ». Ça m'a rappelé Zéphir dans *Babar*, le singe qui jouait à bombarder tout le monde de noix de coco. Bien sûr, ça nous change de Kafka, etc. Ça te dit vaguement quelque chose, Babar ? Tu te rappelles que sa femme s'appelle... Cé-leste !

Eh bien, toi, je te souhaite d'être à nouveau une Cé leste. Tu m'as toujours épaté en EPS quand il fallait marcher sur la poutre. Je sais, je sais, l'équilibre sur la poutre, c'est dans la tête, puisqu'on ne se casse pas la figure en marchant au bord d'un trottoir. Mais, des fois, on a un petit vélo dans la tête et paf ! on s'emplafonne dans le décor. C'est peut-être ce qui t'est arrivé.

Bon, bon, j'insiste pas... Cé ton droit au secret.

Je préfère arrêter avant que tu m'accuses d'enquêter sur tes pourquoi et tes comment d'accident. J'aimerais pas me ramasser une baffe virtuelle !

Aurélien dans son coin

Cécile

dimanche 12 avril, 8 h 14

Babar ! Tu penses si ça me dit quelque chose ! Mais c'est carrément mon livre fétiche ! Le premier que j'ai lu toute seule avant de savoir lire, un de mes premiers souvenirs aussi. J'étais chez Malette, elle se préparait à partir avec moi pour La Maison sur la mer, elle avait les bagages à faire, elle courait dans tous les sens, alors pour ne pas m'avoir dans les pattes, elle m'avait collé entre les mains un énorme livre de Babar — une édition très ancienne qui avait, je crois, appartenu à ses parents.

Le bonheur ! Babar en costume vert, Céleste et Arthur courant tout nus derrière la voiture... Et la vieille dame, cette bombe atomique planquée sous des dehors de vieille petite grand-mère bien comme il faut ! J'ai tellement tout adoré que je n'en ai pas oublié une miette !

Tu te demandes ce qui me rend heureuse à l'hôpital ? Heureuse est peut-être un bien grand mot même si, oui, il y a de chouettes moments. Mais surtout ici, comment dire ? Je me sens protégée. Dans l'ordre :

1 - de ma mère hystérique
2 - de mon père manipulateur (voilà, c'est dit !)
3 - des histoires avec les filles du lycée, Léa et même Éléonore
4 - des profs qui disent toujours « Peut mieux faire »
5 - de mes frères et sœur indifférents pour ne pas dire ennemis
6 - du monde qui va trop vite et où je ne trouve pas ma place

Je comprends que ce soit difficile à comprendre mais, à Saint-Martial, on a beau être tous amochés, on est entouré de gens qui font leur maximum pour qu'on s'en sorte. Alors, oui, bien sûr, il y a ceux que j'appelle les tortionnaires. Ceux-là, on en parle aussi entre nous parce qu'on est révoltés qu'ils puissent exister à l'hôpital, en oubliant que des gens comme ça, il y en a partout et d'abord dans les familles. Mais, finalement, ils sont en minorité.

La plupart des personnes qui travaillent ici font bien leur métier. Les kinés, les ergothérapeutes, les aides-soignants, les infirmières, les médecins, les psys, ils sont tous là pour nous. C'est la première fois que ça m'arrive.

Jusqu'à présent, la seule qui se préoccupait de moi, c'était Malette. Les autres, ils me tiraient plutôt dessus à gros boulets. Ici, j'ai l'impression que ma vie est importante, sans jugement sur ce que je suis, ce que je pense, juste parce que je suis vivante. On me fait comprendre que, même cassée, j'ai le droit à une place. Que je suis précieuse.

Et puis, il n'y a pas que les soignants, il y a aussi les autres fracassés. Les deux garçons qui occupent la chambre à côté, Mehdi et Jad, sont super sympas. Ils ont tous les deux eu un accident de scooter. Mehdi s'est fait renverser par une voiture, Jad, ses freins ont bloqué, il s'est pris un mur à toute blinde.

On se retrouve généralement le soir dans le parc pour écouter de la musique et fumer. On ressemble tous les trois à des corbeaux dans nos fauteuils roulants, mais on se marre bien.

Les kinés disent que la cigarette n'est pas géniale pour la cicatrisation des os mais c'est surtout pour les vieux. Nous, on est jeunes, on a de bonnes cellules qui ne demandent qu'à se régénérer, alors on s'en fiche de leurs mises en garde. De toute façon, moi, je ne fume pas beaucoup. Une taffe par-ci, une taffe par-là, ça me fait du bien.

Mehdi et Jad sont de sacrés déconneurs, surtout Jad. Ce qu'il peut être drôle ! Je pique de sacrés fous rires avec eux deux. Je ne pourrais même pas te dire pourquoi.

Je crois qu'on a besoin de se défouler pour oublier les plateaux repas à gerber, les fauteuils déglingués qui se mettent en travers au moindre obstacle, la douleur qui nous vrille la nuit, et les jours et les jours qui nous séparent du premier pas sur terre. Tiens, je m'aperçois d'ailleurs qu'il est l'heure que je les rejoigne.

Salut Aurélien, bonne soirée.

Cé

Cécile

mardi 14 avril, 12 h 10

Aurélien ?

Aurélien, tu vas bien ?

Pas de nouvelles depuis deux jours, presque trois, et j'imagine toute sorte de choses. Ça s'emballe, ça part dans tous les sens. Ton père, Aurélien, ton père t'a tabassé ? Envoyé à l'hôpital ? Il est arrivé malheur à ton Papik ou à ta mère ? Tu es malade ? Tu as eu un accident? Tu n'as pas aimé que je te parle de Mehdi et Jad ? Tu boudes ? Tu as mal quelque part ?

J'ai une boule d'angoisse qui me bloque la respiration. Je sais qu'en un instant, tout peut basculer. On joue, on joue, et puis on ne joue plus.

Aurélien, reviens, donne-moi de tes nouvelles. J'ai besoin de toi. Tu me fais du bien. Aurélien, s'il te plaît...

Cé

Cécile

mardi 14 avril, 12 h 16

Je reçois ton mail à l'instant, il a croisé le mien. Comme les oiseaux dans le ciel de nos pensées. Chassé-croisé. Je suis soulagée.

Oublie ce que je t'ai écrit. Je flippe vite, surtout en ce moment.

Je te réponds dès que je t'ai lu.

Aurélien

mardi 14 avril, 11 h 37

Allez, j'y vais carrément et à pieds joints, je me lance, même pas peur :

Ma chère Cé,

Je sais, je sais, le « ma » est grave possessif, le « chère » va sans doute me coûter cher, mais *alea jacta est* ! comme dit mon grand-père qui aurait voulu que je fasse plus d'une année de latin (mais mes parents ont dit niet, que ça sert à rien une langue morte).

Mais, revenons dare-dare à tes moutons, ou plutôt à tes trois corbeaux perchés sur fauteuils à roulettes et, toi, clopant dans le parc de ton centre trois étoiles...

Je ne sais pas si je dois te l'avouer mais apprendre que tu te marres avec ces deux rescapés de la route, ça m'a fait un truc. Une sorte de pincement à l'intérieur, vers le cœur, comme un effet de déception, une tristesse que je ne connaissais pas. Je ne pense pas que ce soit de la jalousie. C'est plus compliqué que ça. Parce qu'après tout, tu ne m'as pas annoncé ton mariage. Et en plus, je peux VRAIMENT t'assurer, juré-craché, que je ne me suis jamais posé la question de mes sentiments vis-à-vis de toi, vu comment tu m'as jamais calculé depuis qu'on est ensemble en classe.

Comme tu sais, je ne suis pas le super beau gosse qui emballe en moins de deux. Je ne m'y connais pas en gel pour les cheveux, etc. Enfin, tu vois ce que je veux dire : tout le bazar qui fait craquer les filles. Je peux même te le dire (à toi, et à toi seule parce que tu n'es pas comme les autres), je n'ai jamais été VRAIMENT amoureux depuis le CP. Du temps où mon amoureuse s'appelait Violette et que, rien que de lui donner la main à la cantine, je voyais la vie en rose bonbon. Allez, j'arrête de te fourguer ma série B. Ceci est juste une pauvre petite réponse minable de mec minable mais honnête, pour réagir à ta scène du trio de corbeaux éclopés. Ça m'a fait flipper genre *Les Oiseaux* de Hitchcock, en pire.

À part ça, pas grand-chose à dire de ma visite chez mon grand-père même si je l'adore... Le miracle de la confiture de pétales de roses n'a pas duré. Je dois avoir passé l'âge. Dommage ! En plus, ce qui m'a complètement dégoûté, c'est d'avoir vu, par hasard, le dentier de Papik tremper dans son verre à dents. Affreuse impression que la mort était planquée derrière les peignoirs, prête à bondir. Ça m'a scié. Je te jure que ça ne donne pas envie de faire de vieux os.

Tu vois, tout est trop compliqué pour moi en ce moment.

Et il y a encore pire et c'est pas de l'imagination : notre Maka qui doit se sentir archi seule plongée dans son coma. Ce matin, j'ai reçu un petit SMS de Farid qui s'y est collé pour le bulletin santé. Tu l'as eu aussi ?

ASKIP, y'a R de neuf.
AVC de OUF.
Suis OKLM, et toi ?
Des *news*, *please* !

A +

Du pur Farid en VO non sous-titrée. Demande à tes nouveaux potes en compote si tu captes pas tout.

Bon. Je te laisse, Cé. Je dois absolument terminer mon devoir sur les héros enfermés. Pas question de me récupérer une bulle pour ma collec. Mon grand-père m'a filé les *Dix Petits Nègres* d'Agatha Christie. Il paraît qu'il y a des trucs à prendre dedans. Ce bouquin va être tourné en série télé, mais tu sais quoi ? Mot tabou, il paraît que le titre va devenir : *Ils étaient dix*. N'importe quoi !

Voilà. Cé fini pour aujourd'hui. Je te souhaite de bien kiffer ta vie comme ils disent dans le 9 3 et je croise les doigts pour que tu ne me jettes pas sous prétexte que je ne suis pas morgane de toi.

Aurélien, ton copain

Cécile

mardi 14 avril, 12 h 40

Aurélien, mon copain,

Je peux pas dire le bien de ouf que ça m'a fait de te lire. C'est comme si une trappe s'ouvrait au plafond et que la lumière s'engouffrait dans ma chambre jaune — et dans mon cœur, oui, j'ose le dire, même si ça fait *too much* ringard et que tu sembles préférer le rose.

Morgane de toi, ça me fait penser à la chanson de Renaud. Je l'adore, celle-là. Un père qui écrit un truc pareil à sa « môme », c'est juste dinguement beau. Tellement loin de ce que nous vivons tous les deux avec les nôtres de pères... et de mères !

Renaud, je crois que c'est loin d'être un saint, et d'ailleurs je m'en fiche, mais il a le cœur accroché à sa Lola avec des câbles en titane. Je viens de me mettre sa chanson à fond dans le casque, histoire de me faire un shoot pour relâcher la pression. Tu te souviens des paroles vers la fin ? C'est pile-poil pour nous.

T'entends pas c'bruit, c'est le monde qui tremble
Sous le cri des enfants qui sont malheureux.

...
Avant qu'ce monde devienne un grand cimetière
Faut profiter un peu du vent qu'on a dans l'dos.

Il est visionnaire, ce mec ! Sa chanson, il l'a écrite quand nos parents étaient dans le bac à sable, et pourtant tout est encore là. Le monde tremble, il tremble aux quatre coins du globe et n'en finit pas de devenir un cimetière. Faudra beaucoup, beaucoup de vent, un genre de tempête, pour s'en sortir. Et la mort n'a qu'à se refaire une beauté dans la salle de bains de ton grand-père. Rien ne presse, Aurélien !

Le vent dans l'dos, cette petite brise d'espoir, je l'ai trouvée ici et puis, c'est toi aussi, mon vent dans l'dos avec tes questions qui dérangent, tes gros sabots parfois, ce côté chez toi qui ne lâche rien et qui revient toujours à la charge, comme un bulldozer avec des chenilles de soie.

J'ai jamais eu de copain comme toi, Aurélien. Enfin, je veux parler de copain-copain, tu me comprends. Quelqu'un à qui je peux tout dire, tout écrire, sans que ça explose, même si je balance des trucs énormes que je pense sur le moment et pas le lendemain.

Bon, à part ça, il va falloir revoir tes stéréotypes. Mes nouveaux potes en compote — j'aime bien —, c'est pas parce qu'ils s'appellent Mehdi et Jad qu'ils vivent dans une cité et parlent 9 3. Ils ont bien assez de mots tous les deux pour dire en nuances ce qu'ils pensent et ressentent, merci pour eux. Et ils ne se gèlent pas les cheveux. Enfin pas particulièrement ! C'est quoi, ces idées reçues ? Reçues de qui, d'ailleurs ?

Fais attention, Aurélien, on devient vite con quand on tourne en rond... et quand on est jaloux. Tu dis non, pas de ça pour moi mais, je suis désolée, t'en as tous les symptômes. Tu me fais rire, Monsieur mon copain. Mais remarque, je crois bien que moi aussi je serais jalouse si tu me racontais que tu passais tes soirées à t'éclater avec deux nanas.

Alors match nul, OK ? Mehdi et Jad, je les aime bien, sans plus. Arrête de te faire des films en noir et blanc. Tu devrais être content que je ne passe pas mes soirées à me morfondre toute seule dans ma chambre à partir de 16 heures, après la kiné.

On parle du loup, il arrive : kiné, kiné, je m'aperçois qu'il est l'heure d'y aller. S'agit pas que j'arrive en retard aujourd'hui. Hier, j'avais pas le moral, j'ai traîné pour me préparer et je suis arrivée à 10 heures au lieu de 9 h 30. Le savon que je me suis pris par Christine ! Crois-moi, elle peut lancer des flammes. Mais, bon, je ne lui en veux pas parce que c'est une super kiné et qu'elle avait raison.

Si on fait chacun notre loi,
on va dans la purée de pois.

Je t'envoie une bise.

Cé

Aurélien

mercredi 15 avril, 13 h 23

Merci pour ta bise, chère Cé (je me sens autorisé pour « chère »).

Évidemment, tout ce que tu me dis me fait beaucoup d'effet. C'est ce qu'on pourrait appeler une déclaration d'amitié. Faut reconnaître que c'est beaucoup moins banal qu'une déclaration d'amour. Moins de risques de divorce, je suppose. Et puis, les gens sont tellement persuadés que l'amitié entre fille et gars, ça n'existe pas...

Oui, Cé, je vais plutôt bien, et mieux encore depuis que je viens de lire ton mail. J'ai carrément rien pigé à ce qui s'est passé. Je t'avais répondu tout de suite, comme d'hab. Mais ne voyant rien venir pendant ces deux jours sans fin, j'ai pas osé te relancer de peur de me prendre un râteau. Allez, t'as peut-être raison pour les stéréotypes. J'espère ne pas tenir de mon père.

En fait, pendant ces deux jours assez glauques, je me suis dit qu'entre nous c'était cuit, archicuit, que tu m'avais jeté comme un malpropre. Donc, là, je suis hyper soulagé et heureux. Tes mots me disent plein de choses géniales : que je compte pour toi, que je suis le copain que tu n'avais pas, etc. Et surtout que j'avais tout faux en croyant que tu pouvais m'envoyer définitivement balader.

Alors je récapitule : je n'ai aucune case à cocher dans ta liste d'horreurs « faits divers » de ton mail de 12 h 10. D'ailleurs, c'est presque le contraire qui m'arrive : quelque chose a changé avec mes parents depuis que j'ai poussé ma méga-gueulante.

J'ai du mal à le croire, mais je constate que, depuis, on dirait qu'ils font un peu plus gaffe à moi. J'ai même cru voir passer une étincelle d'admiration dans le regard de ma mère, pourtant elle a du mal à lever les yeux de son ordi.

Remarque, après quinze ans de terreur « c'est pour ton bien » sous prétexte d'éducation, il serait temps que mes parents me voient en face et m'acceptent tel que je suis. Si je ne corresponds pas à leur désir d'enfant modèle, est-ce qu'ils correspondent, eux, à mon idéal de parents ? Et puis, je ne leur demande même plus de m'aimer, juste de me laisser un peu peinard trois ans pour que je puisse me barrer à 18 ans. Alors, où est le problème ?

Tout ça écrit en vitesse pour t'éviter de te faire des films gores à force d'attendre des *news*.

Sinon, à propos du fameux numéro pour les mômes esquintés dont tu me parlais l'autre jour, regarde ce que j'ai retrouvé dans mon journal :

> *La radio de la cuisine était en mode blabla avec succession d'experts (tiens, ex-père ? c'est comme ça que je devrais appeler le mien), une voix sucrée style aéroport a lu un flash qui m'a tiré l'oreille :*
>
> *« Tu es un enfant, un adolescent et tu penses être victime de violences ou que l'un de tes camarades est en danger, tu peux appeler le 119 à tout moment (ton appel sera prioritaire), mais tu peux également nous écrire en utilisant le formulaire d'aide sur le site allo119.gouv.fr »*
>
> *Tiens, on se soucie enfin des enfants ratatinés au quotidien par des bourreaux à domicile. J'espère que les gros lâches qui voient tout et se la bouclent se réveilleront enfin. Bonjour les couilles molles complices en tout genre : voisins, profs, médecins et autres.*

Tu sais ce que je pense du tutoiement en général mais, là, ça m'a carrément écœuré ce manque de respect envers les pauvres mômes. C'est de l'abus de pouvoir !

Moi, même si je voulais composer le 119, je ne vois pas comment je pourrais matériellement : un jour sur deux, j'ai pas mon téléphone parce que l'ex-père me le confisque et ma mère, évidemment, ne bouge pas le petit doigt pour plaider ma cause. Elle reste aux abris, bien planquée-tétanisée derrière l'écran de son télétravail. Des fois, elle me fait pitié, ma pauvre mère. Dans ces moments-là (rares), je nous invente des scénarios pour nous sortir de là. Mais le plus souvent je la déteste d'être une victime consentante. À quoi ça lui sert de lire son *Psycho-Mag* en attendant le miracle ? Elle aurait plutôt intérêt à appeler « Allô-femmes-battues-moralement » si ça existait.

Merci Cé, pour ton message
Il m'a donné plein de courage
Et même si on est bien Kcés
On va pouvoir y arriver !

Aurélien main dans la main

PS : Merci pour les paroles de Renaud. Je ne connaissais pas. T'as raison, elle a de la chance, sa fille, d'avoir un père qui lui écrit des trucs pareils. C'est pas à nous que ça arriverait ! Même pas en rêve.

Vite, vite, kiné ou pas, potes ou pas, réponds ! Cé devenu essentiel pour moi. Les fenêtres grandes ouvertes sur le boulevard ne me donnent pas autant d'oxygène.

A.

Cécile

jeudi 16 avril, 19 h 05

Par moments, je sens une telle violence en toi, Aurélien, que ça me fait peur. Et puis ce que tu écris dans ton journal est tellement bizarre ! Pas sûr qu'on soit sur la même longueur d'onde. Je te laisse te déchaîner tout seul.

Tu n'avais pas dit que les écrits intimes, c'était fait pour rester intime ?

Tu es malheureux, Aurélien, même si tu dis deux fois que ça va mieux avec ton père, je sens bien qu'il t'a démoli en profondeur. Et j'ai l'impression parfois que tu veux te venger sur la Terre entière de ce qu'il te fait subir. S'il y a un « pauvre môme esquinté », c'est bien toi... dis pas non.

Ça me rend triste de ne pas être en phase avec toi parce que c'est tellement génial quand on l'est. Là, je ne sais plus très bien quoi te dire. Je ne peux pas fonctionner dans ce climat de rage. Alors, je vais me taire et tâcher de dormir en espérant que le ciel demain sera plus dégagé. J'ai besoin de paix, Aurélien, pas de partir en guerre contre la société tout entière.

La pluie tambourine au carreau, dans mon genou, ma jambe, mon pied au talon explosé. Même le drap pèse trop lourd.

Je suis fatiguée.

Cé

Aurélien

mardi 21 avril, 7 h 21

Depuis des jours, je n'arrivais pas à te répondre. Bientôt cinq jours : une éternité. Tu dois t'en fiche de savoir pourquoi, mais je vais essayer de te dire quand même ce qui me bloquait. D'ailleurs, tu es libre de ne pas lire, de tout effacer d'un doigt sur ton clavier : « Hop ! fini le Aurélien frapadingue ! Fais chier, finalement, ce fichu fichier et ce fada, fermons cette fenêtre » et de m'effacer de ta vie, fâchée, furax. Pfft...

Tu peux penser que si je tenais tant à notre correspondance, j'avais qu'à bouger, t'éviter cinq jours de suspens. Ben non, je ne pouvais pas. J'ai pas pu.

J'ai décidé de la fermer, de couper les ponts de mon côté, peut-être pour toujours, quand j'ai compris :
que tu n'es pas sur la même longueur d'ondes que moi,
que ce que je t'écris de sérieux te fait peur,
que mon « intime » t'insupporte,
que je t'épuise et te dérange au lieu de t'aider.
que finalement je ne suis qu'un pauvre môme...

Bref, j'avais besoin de tester si tu reviendrais vers moi la première ; est-ce que, à force de relire mon mail, tu raccrocherais nos wagons, tu comprendrais ce que j'ai voulu dire qui, pour la première fois, était (relativement) plein d'espoir ? Est-ce que tu dépasserais ta première impression et que le malentendu entre nous n'existerait plus ?

Mais les jours ont passé. Je me suis à fond morfondu, j'ai léché mes plaies dans mon coin et j'ai bien dû admettre que :
- t'en avais marre
- j'avais exagéré
- j'étais de trop
- tu avais (peut-être) raison de te méfier de moi.

Dans mon attente d'orgueilleux, je suis redevenu peu à peu le moins que rien d'avant. Je t'ai même donné raison.

Ce qui me fait le plus mal (je vais pas m'étaler, ça sert plus à rien), c'est de me retrouver seul après avoir tellement cru en « nous ». Me sentir à nouveau comme une merde après m'être cru moins moche et moins nul, un temps, grâce à toi.

Quand je nous ai découverts autant Kcés l'un que l'autre, alors que je croyais être le seul, j'étais sûr que tu me comprendrais (même entre les lignes), que tu saurais faire la différence entre ce que je t'écrivais à toi au quotidien et mon moi détruit d'avant que je te confiais. Je pensais qu'on était deux fracassés des os et du cœur en train de se réparer ensemble.

Par moments, je me disais (l'histoire d'amour en moins) qu'on était comme la fille et le gars dans *Nos Étoiles contraires*, si ça te dit quelque chose. Et que nous, de notre cancer du parent, on allait guérir ensemble sans métastases.

Bon. Y'a plus d'« ensemble », plus de « nous ». Faut que je l'avoue : j'ai raté mon pari sur l'amitié. Ton silence me l'a dit.

Je sais, je suis complètement débile de te l'écrire.

Cette rage dont tu parles, elle ne vient pas de moi, elle passe par moi, nuance ! Elle vient en direct de mon géniteur. Pendant des années, ses mots m'ont massacré. Il m'a cisaillé, transpercé de ses flèches mortelles, m'a entaillé au plus profond, m'a tronçonné de sa hache, ce salaud de H, m'a fendu le tronc de haut en bas jusqu'à ce que saigne ma sève. Tu voulais de la rage, en voilà !

Oui, je rage et j'assume et je ragerai toute ma vie. Même à dos de cheval de la gendarmerie.

Donc, notre correspondance s'arrête là mais j'aimerais te dire :
– que j'ai adoré toutes nos semaines d'écriture,
– que tu es une fille formidable, courageuse et gentille,
– que tu mérites d'avoir une très, très belle vie et que tu l'auras parce que tu sais ce qu'il te faut pour vivre et repousser l'ennemi (ou même l'ami encombrant),
– que tu es fragile et très vite déglinguée par tes émotions,
– que tu détestes la violence chez les autres sans voir que tu flippes à cause de la tienne,
– que je me demande, de toi ou de moi, qui a le plus « bobo à sa famille », qui se bat (se débat) pour s'en sortir ou risque de s'écraser longtemps, se foutre en l'air... ou par terre en mille morceaux.

Prends ce mail comme une lettre d'adieu si tu en as envie. Je voulais juste répondre à ton silence de cinq jours qui m'a dit tchao à ta manière. Je ne crois pas avoir interprété de travers.

Tu réclamais la paix. Eh bien, Cé OK !

Aurélien d'aujourd'hui sans lendemain

Cécile

mercredi 22 avril, 4 h 12

Tu vois, je n'attends pas des jours et des jours pour répondre à ton mail. Je n'ai pas envie de jouer à ce petit jeu-là.

On est en train de se faire du mal, Aurélien, c'est dommage, mais à la fois c'est peut-être inévitable étant donné les circonstances – ce que tu vis dans ta famille, ma chute – et l'intensité de nos échanges, allez, je te l'accorde, l'intensité de notre correspondance. Elle est comme le vent, Aurélien, ou l'Océan, tantôt calme et apaisante, tantôt effrayante, pleine de houle et de tempêtes. Encore faut-il savoir surfer...

Je dois d'abord te rappeler que ce silence de cinq jours, c'est toi qui te l'aies imposé et je te trouve gonflé d'en parler comme s'il était de mon fait. D'autant que, peu de temps avant, tu avais déjà été à l'origine d'une pause, certes involontaire, mais l'un dans l'autre, ça fait beaucoup.

La première fois, ça m'a fait souffrir, je n'y étais pas préparée. Résultat, comme à chaque fois, je me suis culpabilisée, il y avait peut-être quelque chose que j'avais fait de travers. Alors, je suis venue gratter à ta porte. J'aurais dû me méfier. C'est quand on relâche sa garde, qu'on se laisse aller à ouvrir grand les battants de son cœur — oui, je sais, je suis romantique —, qu'on risque de se prendre une belle grande claque. Toi, c'est ta violence qui me claque.

Tu me dis que je déteste la violence chez les autres sans voir que je flippe à cause de la mienne. Mais tu te fourres le doigt dans l'œil, Aurélien, j'ai parfaitement conscience de l'effroi que déclenche en moi ma propre colère. Je dis bien effroi.

Simplement, moi, je vois ma colère comme un grand fleuve souterrain — il est là, je ne peux pas le déloger, il fait partie de mon paysage intérieur — que j'essaie de domestiquer pour le transformer en énergie positive. Je ne veux plus le laisser déborder, mon fleuve de colère, parce que, quand il sort de son lit, il fait trop de dégâts.

Toi, ta colère, j'ai l'impression que tu l'entretiens comme un feu de cheminée, tu lui balances des bûches pour la nourrir, tu veilles à ce qu'elle ne s'éteigne pas, tu la chéris en bon gros brasier. Elle t'anime, te fait vivre, mais est-ce que tu te rends compte que parfois elle te fait basculer dans un mode proche de la haine ? Ça me trouble, Aurélien. J'ai l'impression que lorsqu'elle te possède, cette énorme colère, tu perds les pédales. Tu ne sais plus que te répandre en insultes. L'injure te tient lieu de discours.

Excuse-moi, Aurélien, j'emploie peut-être des grands mots, mais ce n'est pas si facile d'exprimer ce que je ressens.

Et puis, Aurélien, je ne veux pas jouer avec toi à qui est le plus Kcé des deux. Franchement, il n'est pas très sympa, ton petit couplet l'air de rien sur l'opposition entre celui qui « se bat pour s'en sortir » — toi, ça va de soi — et celle qui « risque de s'écraser longtemps, se foutre en l'air... ou par terre en mille morceaux » — moi bien évidemment.

Je n'aime pas que tu joues à l'oiseau de mauvais augure en insinuant que je suis irrécupérable, que de toute façon, je vais dans le mur.

Permets-moi de te dire que je trouve que, toi, tu as une drôle de façon de te battre pour t'en sortir. Franchement, je ne suis pas sûre que tu y arriveras en tournant en rond dans ta chambre, en répétant Salaud de H comme un mantra.

Rien que pour ça, Aurélien, je n'ai plus envie de continuer à échanger avec toi.

Si tu veux savoir, j'ai bien l'intention de m'en sortir et, crois-moi, j'y travaille tous les jours, avec les kinés, les médecins et Klara.

Je resterai ici aussi longtemps qu'il le faudra, ils me l'ont promis, et quand je me sentirai suffisamment forte pour me colleter avec le monde, je ne rentrerai pas dans ma famille. On en a parlé. Malette peut m'accueillir. Ça fait longtemps que j'aimerais vivre en Angleterre. Peut-être pas pour la vie entière mais, un an ou deux, ce serait chouette ! Ça me plaît, l'idée de mettre une mer entre ma mère et moi.

Alors ok, tu as dit son fait à ton père et ça semble l'avoir calmé. Mais si tu continues à alimenter aussi soigneusement le feu de ta haine, je ne vois pas comment tu arriveras à sortir de ton cercle vicieux familial. Tu devrais te faire aider. Et ta mère aussi : sur ce point, tu as entièrement raison.

C'est un peu primaire de cracher comme tu le fais sur les psys. Ce n'est pas parce que tu as eu une expérience décevante — un seul rendez-vous, si j'ai bien compris — qu'il faut faire une croix sur toute une profession. Je ne pense pas que tu t'en sortiras tout seul, Aurélien.

Tu es un super garçon, avec des qualités magnifiques, même si tu peux être craignos quand tu veux, en tout cas, tu n'es pas un sale type. Mais, parfois, tu es bouffé par ta colère à en être défiguré. Je te jure, je t'imagine les cheveux dressés sur la tête, comme électrisés.

Comme toi, j'ai pensé à *Nos Étoiles contraires.* Il est tellement, tellement beau et poignant, ce roman ! Avec une intensité qui plane sur les sommets du début jusqu'à la fin. Mais notre histoire ne lui arrive pas à la cheville. Hazel et Augustus sont juste sublimes. Tout est extrême dans leur relation. Nous, on a peut-être un peu la mort qui rôde mais, pour l'amour, il faudra repasser. Et l'amour, c'est pas un détail.

Avant — avant la chute –, j'aurais été incapable de tenir une discussion comme celle que nous avons actuellement. Je me serais écrasée et puis j'aurais pris la tangente, mine de rien, parce que j'avais les conflits en horreur.

Je ne les aime pas davantage aujourd'hui mais je suis à la fois un peu plus courageuse et je me sens moins nulle. Je peux désormais entrer en résistance et j'ai même l'impression d'être capable de tenir sur la durée sans m'effondrer.

Comme tu es très coriace, je ne sais pas où ça va nous mener.

Mystère ! mystère !

Alors ? Eh bien, ok pour une pause, Mister A., mais pas pour un adieu.

Un mot encore, il faut que je te remercie d'avoir donné de mes nouvelles à la classe. Ne dis pas non, non, ce sont les autres qui me l'ont dit. Et ils sont nombreux.

Grâce à toi, j'ai de nouveau des contacts avec Éléonore, avec Adèle, Elena et même... Léa. Eh oui, le vent peut tourner ! Et côté mecs, Farid, bien sûr, mais aussi Antonin, Hugo, Lucas et Fazal.

Ah ! Et puis, Frappart est revenu à la charge. Il voulait absolument m'envoyer du travail pour que je ne perde pas pied, dit-il. Je lui ai expliqué que de toute façon, j'ai perdu pied, mais que j'ai bon espoir de regagner la berge bientôt, notamment grâce à toi.

Bon, assez bavardé, cher copain sans lendemain — c'est toi qui le dis, pas moi. Un petit coucou de la main et, hop, je disparais enfin derrière la glace sans tain.

Cé

Aurélien

mercredi 22 avril, 11 h 47

Alors voilà, ma toujours chère Cé. Quand j'ai reçu ton mail (inespéré et espéré) de 4 heures du mat', je n'arrivais pas à dormir non plus : ça gueulait de l'autre côté de la cloison, côté chambre des parents.

Je me suis mis à pleurer comme un bébé. Longtemps que ça ne m'était pas arrivé. Mais c'était des larmes d'émotion en lisant que tu voulais bien qu'on continue à s'écrire même s'il doit y avoir des pauses, que tu ne te débarrassais pas tout à fait de moi et n'acceptais pas en bloc ma lettre d'adieu. OUF !

MERCI !!

Ça a bougé quelque chose au fond de moi. Comme si je ne pouvais plus faire marche arrière. Et entre deux inondations de couette, je me suis souvenu de la chanson des fins de colos et j'ai modifié un peu les paroles juste pour nous : « Ce n'est qu'un au revoir, ma sœur, ce n'est qu'un au revoir. Oui, nous nous reverrons, ma sœur, oui, nous nous reverrons… »

Jusqu'à ce que le jour se lève, tout rose (eh oui !) sur les toits des immeubles, jusqu'au premier sifflet de merle, j'ai écrit pour te répondre des tartines d'inepties, des tas de trucs débiles qui ne tenaient pas debout, qui t'auraient pris la tête et énervée.

J'ai même réussi à faire deux colonnes avec d'un côté « t'as raison » et de l'autre « t'as tout faux ». Mais, ce matin, j'ai eu honte de moi et surtout pitié de toi, alors j'ai effacé ce mail à rallonges trop déconnant.

Voilà. Je fais court. Je veux aller au plus important et ne pas t'embêter. À toi de voir et de cocher la bonne case :

MADEMOISELLE CÉ, acceptez-vous de prendre M. Aurélien pour frère adoptif ? (oui) (non)

Je te promets d'essayer d'être à la hauteur à partir de ta réponse et pour toutes les années qui viennent, même si tu es vachement forte et que tu as souvent une longueur d'avance malgré ton vieux fauteuil à roulettes.

Aurélien qui revient de loin (si tu veux bien) et qui ne joue à rien.

PS1 : Au fait, ils continuent de s'exciter sur ce qui t'est arrivé. Et, moi, je ne sais pas quoi leur répondre.

PS2 : Chatillon nous a rendu nos devoirs de français sur les héros bouclés à double tour. J'en reviens pas de ma note et de ses appréciations... Allez, c'est pas pour me vanter : j'ai eu 16. Kafka et son cafard géant ont fait beaucoup d'effet à la prof qui s'est carrément métamorphosée à son tour : elle a même enlevé ses hublots de myope pour me féliciter. Ça faisait drôle de la voir avec ses yeux à elle !

PS3 : J'ai fait un truc dingue tout à l'heure. Ça m'a pris d'un coup. Jamais j'aurais cru... je te dirai. J'ai l'impression d'avanCé mieux qu'avant Cé. Je crois à l'effet Cé !

Bisou

Cécile

mercredi 22 avril, 16 h 22

MDR...

Toi, Aurélien, mon frangin ? Tu trouves pas que j'ai mon lot avec les trois spécimens que je me tape à domicile ? Je n'arrive déjà pas à gérer la relation, alors un de plus ? T'imagines !

Non ! Mais t'en as des idées ! Je te jure, je me suis étranglée — de rire — en te lisant et j'ai tellement toussé que Chrystelle, l'aide-soignante qui passait dans le couloir, a pointé une tête par la porte pour savoir si tout allait bien.

Tu es vraiment désarmant et... mignon, mon petit Aurélien — tu me permets de t'appeler mon petit Aurélien ?

J'ai l'impression que, dans ta petite tête d'enfant unique, tu as placé la relation frère/sœur tout en haut du podium, comme une sorte d'idéal, un lien à la vie à la mort. Ni camarade, ni copain, ni ami, ni encore moins amoureux... frère/sœur ! frère/sœur de sang, frère/sœur de combat, frères/sœurs humain(e)s...

C'est vrai que la fraternité/sororité a quelque chose de supérieur et de noble. C'est pas pour rien qu'elle trône dans la devise de la République française.

Alors, suspens ! suspens ! qu'est-ce qu'elle répond, la grande Cé Kcée, à la demande très officielle de son petit Aurélien ? Ta dam !

MADEMOISELLE CÉ, acceptez-vous de prendre M. Aurélien pour frère adoptif ? OUI !

Bienvenue mon frère choisi !

Frère et sœur de cœur, ça en jette !

Bon, maintenant que c'est fait, on va arrêter de se congratuler. C'est parti, frérot, pour la suite en famille élargie.

Je veux aussi te dire que je suis contente que tu aies pleuré même si tes deux inondations de couette font davantage penser à des pipis au lit — ou alors tu as des glandes lacrymales comme des lacs de montagne. Si tu as pleuré, c'est que quelque chose a lâché, peut-être qu'enfin un pan de cette grande colère qui n'en finit pas de te faire écumer vient de se détacher et d'être évacué par ce flot de larmes.

Il faut fondre un peu pour grandir, petit frère, se sortir des habits riquiquis de l'enfance et se débarrasser de tout un tas de trucs pas choisis.

Pleure encore, Aurélien, tu en as tellement gros sur le cœur !

Je ne vais pas te torturer plus longtemps, rapport à la réponse que tu dois attendre en te rongeant les sangs et les ongles — je dis ça, parce que moi, je me les ronge, les ongles, personne n'est parfait ! — mais... peux-tu noter une bonne fois pour toutes que je me FOUS des rumeurs qui circulent autour de ma petite personne ?

Qu'on pense ce qu'on veut de mon accident dans le tout petit monde riquiqui du lycée — vélo, auto, avion ou fusée supersonique — mais surtout que toi, Aurélien Dussart, tu arrêtes de m'en parler. OK, frérot ?

Salut, mon frangin nouveau !

Cé

Aurélien

mercredi 22 avril, 00 heure

Une nouvelle vie commence,
j'ai de la chance !
Petite ou grande sœur
c'est le bonheur !
Pour Aurélien, frère choisi,
parfois grand, parfois petit :
Cé parti !
Ça me vient en rime, tu vois,
sans doute parce que c'est la joie.
Alors voilà :
hier, mes parents dehors,
l'une pour les courses, l'autre pour le sport,
m'est venue une idée en or,
faire dégager ma déprime,
mes envies de crime,
les souvenirs qui me minent.
J'ai allumé la bûche ultime,
celle de la haine vraie ou frime
dont tu m'accusais, ma frangine.
Tu imprimes ?
Dans la cheminée du living,
j'ai cramé mon journal intime !
Et pas juste la version papier,

dans l'ordi, j'ai tout effacé,
balancé mes écrits passés.
Partis en fumée !
OUF ! Sou-la-gé !!!
Bien sûr, je ne suis pas idiot,
pour m'en sortir, y'a du boulot,
mais fini de couper les tifs :
je suis TON FRANGIN ADOPTIF !
Positif !

Cécile

jeudi 23 avril, 6 h 56

Ça rappe bien, mon frère, dis,
y'a une belle énergie,
et de la braise aussi
dans ce que tu m'écris,
on dirait que t'as passé un cap,
j'savais que t'en étais cap.
J'ai plus envie d'apnée
quand t'es
comme ça,
je suis baba,
mon p'tit gars.
Oui, je peux le dire,
là, je t'admire,
vraiment tu déchires.
Tu vas t'en sortir !
C'est sûr,
tu vas plus dans le mur.
Bravo,
frérot !
Tu vois, moi aussi, je cause en vers pour l'occasion,
pas pour te damer le pion
comme au jeu de dames
mais pour te dire, TA DAM !

que j'ai ma ration
de satisfaction pour entamer
une splendide journée.
Cette nuit, petit frère, j'ai dormi,
j'en suis encore tout étourdie.
C'est peut-être à toi
que je le dois,
ou peut-être pas,
on va pas en faire un plat.
Quelqu'un frappe à la porte, oh ! oh !
c'est le petit-déj' sur un plateau,
je te laisse, mon coco,
j'aime bien boire mon café chaud.

Cé

PS : À propos de rap, t'as des nouvelles de Maka ?

Aurélien

jeudi 23 avril, 13 h 44

Alors, comme ça, tu aimes ton café chaud, ma chère Cé de sœur ? Tu me fais marrer quand tu fais la vieille mémé. Ta Malette déteint sur toi ? Je rigole... Moi, j'ai horreur du café : j'en suis encore à mon bol de Choco Pops et j'y tiens. Le matin au lever, j'ai même pas l'âge de l'école primaire.

Bon... encore un truc sur lequel on ne sera pas d'accord, mais maintenant je les vois venir nos désaccords et je ne trouve pas ça grave, parfois même plutôt rigolo.

Ces derniers jours, sans te le dire, j'avais des sales messages à propos de Maka. Tu as assez de ton fardeau à trimbaler (et tu me l'as bien fait comprendre !), alors, avant de te signaler quelque chose de costaud, je fais gaffe à ne pas te balancer des *fake news*.

Donc, voici les nouvelles. La bonne : elle est sortie du coma ; la moins bonne : elle ne peut toujours pas parler. Je pense que, de lui écrire au lycée, ça serait top. Le proviseur lui ferait suivre. Qu'est-ce que tu en penses ? Pour l'instant, j'ai laissé tomber mon idée de lui composer une chanson : tout ce que j'ai essayé me semble nul à chier : au panier !

Je vis une époque de gros ménage dans ma tête et dans mes affaires. C'était pas prévu, mais ça me fait du bien. En plus, ma mère est aux anges chaque fois que je vide la corbeille de ma chambre. Alors, que demande le peuple ?

Figure-toi que mon escargot a pris la tangente le long de la façade de l'immeuble. Je l'ai retrouvé de justesse ce matin, ventousé au rebord de la fenêtre. Je te dis pas comment j'ai flippé. Bref, quand je l'ai retrouvé, je l'ai embrassé !

Je passe du coq à l'âne et de l'escargot à ce que tu veux... Est-ce que ça te fait comme ça me fait : moi, je me dis que si tu avais bien voulu être mon amie en cinquième, ma vie n'aurait pas été aussi affreuse.

Tu as raison quand tu parles de Hazel et Augustus dans *Nos Étoiles contraires.* Toi et moi, nous ne sommes pas sublimes, mais on est vivants alors qu'eux, ils n'existent que dans la tête de l'auteur.

Bon, Cé, j'espère que tu vas bien sur la berge de ton fleuve bordé de cocotiers de la colère. Sûr qu'on ne fait pas un concours du plus Kcé.

Est-ce que tu crois que maintenant je pourrais venir te voir à l'hosto ? J'aimerais.

Je t'embrasse, petite grande sœur, n'aie pas peur…

Aurélien qui remercie le destin

Cécile

vendredi 24 avril, 19 h 45

Tu parles de vieille mémé, tu ne crois pas si bien dire. Ce soir, avec ou sans café — au lait, s'il te plaît, le café —, j'ai au moins 110 ans.

Pourtant, ce matin, après une nouvelle nuit marathonienne, je tenais une forme olympique. Et puis toc, c'est retombé. J'en ai marre de ces hauts et de ces bas. En kiné, je n'arrivais même pas à faire mes exercices — lever le bassin, contracter les fessiers et le périnée, six secondes à l'expire et on recommence, avec un poids de trois kilos sur le ventre — j'étais toute Chamallows avec le cœur qui battait n'importe comment. On m'a pris la tension, elle fait le yoyo entre 8 et 10. Trop bas. Alors, je pleure. Ça n'a rien à voir avec mon moral, c'est juste de la fatigue.

Clémence, ma médecine — féminin de médecin — que j'appelle par son prénom — oui, je sais, ça ne te plaît pas mais c'est comme ça — dit que je suis encore anémiée, qu'il faudrait que je mange davantage, toujours le même couplet ! Pourtant, j'ai grossi mais faut croire que ce n'est pas suffisant.

Ne regrette surtout pas de ne pas m'avoir rencontrée avant pour de vrai, je veux dire en amitié. Tu dis en cinquième mais, en cinquième, j'étais juste une pauvre petite conne, profondeur zéro, qui se la pétait parce qu'elle cartonnait dans toutes les matières.

Sans vouloir me vanter, je crois que je suis mieux aujourd'hui. De toute façon, ça ne sert à rien d'avoir des regrets, c'est ce qu'il y a devant qui est important. Droit devant, le regard fixé sur l'horizon, une deux, une deux.

Bon, je commence à dérailler, je vais me carapater dans ma petite cabane de chiffons blancs — on m'a installé un arceau au bout du lit pour que le drap du dessus ne pèse pas sur ma jambe électrique. Il est trop tôt, je sais, je vais le payer par une insomnie à 2 ou 4 heures du mat, mais je suis trop crevée.

Tchao, frérot.

Cé épuisée mais contente pour toi que ton escargot s'en soit tiré de son numéro de funambule.

Aurélien

vendredi 24 avril, 22 h 35

Cé pas la joie, aujourd'hui pour toi, ma pauvre, à ce que je vois.

J'allais me visionner un ou deux *Walking Dead* après dîner mais je crois que tu auras besoin d'un petit coucou au cas où tu ouvrirais un œil glauque cette nuit sous ta cabane de drap.

T'as remarqué ? Ça doit être le fameux réchauffement climatique et donc la fin du monde pour bientôt : on est en avril et il fait une chaleur de mois de juillet. Par moments, on se croirait même carrément en août.

Ne t'inquiète pas trop pour tes hauts et tes bas. Déjà que l'adolescence n'est pas un long fleuve tranquille, alors, avec tout ce qui t'est arrivé... Ton corps te dit merde et c'est un peu normal. Va falloir faire la paix avec lui et commencer par le nourrir. Je sais pas, moi, bouffe des Cé-réales !

Je viens de recevoir ça de Farid : « Tu zones dans le tiek *with me ?* »

Vu l'heure, ça risque pas !

C'est entre les quatre murs de ma piaule que je vais zoner et réfléchir sérieusement à mon avenir.

Maintenant, dodo, Cé !
C'est ton frère préféré pas laCé
qui te chuchote à l'oreille : dors bien !

Aurélien qui éteint

PS1 : Ça se voit que tu as le moral dans les chaussettes : t'as pas réagi pour Maka.

PS2 : T'as jamais été conne, tu t'y croyais, Cé tout. Erreur de jeunesse ou façon de se blinder. T'avais ta petite cour de princesse, mais t'étais tellement la plus… la plus… plus que les autres… (à toi de compléter.)

Cécile

samedi 25 avril, 7 h 15

Oui, c'est vrai, j'ai pas réagi pour Maka mais, tu sais ici, je vois tellement d'horreurs que je suis bien obligée de me blinder : Myriam, écrasée par un bus parce qu'elle ne l'avait pas vu arriver — normal, elle est aveugle —, en petits morceaux à Saint-Martial depuis un an et demi ; Sylvain, 20 ans, super beau mec, amputé des deux jambes à la suite d'un terrible accident de la route ; Kenny, pas 30 ans, fauchée sur le trottoir par un chauffard ivre, en fauteuil roulant pour la vie... tu veux que je continue ? Maka en réa, c'est bien triste mais c'est une de plus. C'est affreux, on s'habitue à toutes les catastrophes, même quand il pleut des morts... Par moments, j'ai l'impression que tout part en vrille...

J'ai lu ton message à 1 heure et je me suis rendormie, peut-être grâce à lui, en tout cas, merci. Et là, je termine mon délicieux café au lait. C'est vrai, c'est à peu près la seule chose que j'apprécie vraiment ici. Je leur ai demandé s'ils avaient des céréales — j'ai terminé le super muesli de Malette —, ils disent que non mais vont se renseigner auprès de la nutritionniste. Ils sont gentils, ils font de leur mieux pour que je me remplume.

Petite interruption. Muriel, la chef infirmière a débarqué, fumasse, pile au moment où je parlais de la gentillesse des gens ici. Il paraît qu'il fallait que je sois à jeun pour la prise de sang de ce matin. Je ne pouvais pas deviner. C'est tout de même pas un drame, ils me la feront demain. Les gens sont d'un énervé en ce moment !

Remarque, je devrais la boucler. Hier, j'étais une vraie pile de nerfs. Là, ça va mieux. Un coup en creux, un coup en cime, comme sur un océan déchaîné. Pour un peu, ça me filerait le mal de mer. Vivement que la tempête se calme. Ouh là ! L'heure tourne. Faut que je me prépare fissa pour la kiné si je ne veux pas me faire engueuler.

Bye bye Aurélien.

PS : *Help* ! Rien ne va plus, j'ai plus rien à lire.

Aurélien

samedi 25 avril, 8 h 29

Pas le temps de faire long. Te dirai pourquoi mais plus tard.

Désolé, pour l'instant, c'est chaud. Tout est en train de péter à la maison. T'imagines pas. Je sais même plus comment je m'appelle.

Pour un peu, je viendrais squatter ta chambre jaune. Enfin, pas sûr que tu m'acceptes...

Mais c'est pas une raison pour que tu dépérisses bêtement sans rien à lire dans ton usine de rescapés. Je te signale que la poste fonctionne. Dis-moi le genre de bouquin qui te brancherait et je me débrouillerai pour te le trouver. C'est faisable.

Aurélien qui revient demain

Cécile

samedi 25 avril, 12 h 12

Oh ! Oh ! Ça n'a pas l'air d'aller. J'aimerais bien que tu me dises ce qui se passe. Ça a l'air sérieux, tu me fiches la trouille. Mais si tu te préfères en Mister Mystère, je respecte. Pas de problème pour t'héberger dans ma chambre, il y a toute la place qu'il faut sous le lit pour te planquer. Mais dépêche-toi pour au moins être là à mon anniversaire.

C'est sympa de me proposer de m'envoyer le livre de mon choix, mais j'aurais surtout besoin d'une idée de livre. En temps normal, tu m'aurais suggéré un titre. Et même plutôt trois qu'un. Tu es du genre à t'emballer dès qu'on parle de lecture. Non décidément, ça ne va pas. Qu'est-ce qu'on t'a fait, petit frère ?

Du coup, je n'ai pas grand-chose à te dire. Le samedi, tu sais, ce n'est pas gai, gai, ici. Ni kiné, ni médecins, et du personnel sur les dents parce que pas assez nombreux.

Bon, il est l'heure de rejoindre les autres dans le parc. Il y en a un troisième qui s'est joint à nous. Lucas. Très sympa. Genou-tibia. Dégommé à scooter comme

Mehdi et Jad.

Tiens bon. À demain.

Cé

Cécile

dimanche 26 avril, 5 h 30

Est-ce que tu vois le ciel de chez toi ?
Est-ce qu'on est sous le même ciel, Aurélien ?
Il est tout rose ce matin,
comme un rêve de rose.
Sans trop d'épines…
Je suis inquiète,
donne-moi des nouvelles.

Aurélien

dimanche 26 avril, 10 h 05

Message flash, mode survie :

oui, le ciel est toujours par-dessus le toit
comme chez toi,
mais il n'est pas rose du tout, plutôt bleu.
Bleu gyrophare.

Profite du parc comme tu peux. Moi, je fais du bouche-à-bouche à mon escargot parce que, pour lui aussi, il fait trop chaud.

Excuse. A +

Ton frangin Aurélien, peau de chagrin.

Cécile

dimanche 26 avril, 12 h 19

... Peau de chagrin, j'y comprends rien.

Bon, au moins, tu m'as fait un petit signe.

T'inquiète pour moi, je replonge dans *Normal People*. J'en suis au sixième épisode et je suis totalement accro. Parce qu'ils n'ont rien de normal ces deux-là, juste un garçon et une fille qui se cherchent, s'approchent, s'aiment, se quittent, se font souffrir, se retrouvent... je ne sais pas du tout où ça va les mener, mais ça pulse, ça chahute, ça vit.

Comme nous, non ?

Je t'envoie la force.

Tchao frérot

Cécile

dimanche 26 avril, 23 h

Ouh ! Ouh, Aurélien !

T'en es où ?

Cécile

lundi 27 avril, 4 h 09

Impossible de dormir. J'ai la jambe qui fait des étincelles, je ne supporte plus l'attelle. Ça me gratte, ça me démange. Alors je viens passer un petit moment avec toi, où que tu sois, et même si tu dors à poings fermés — tant pis pour le cliché —, ce que je te souhaites.

Il est temps que je te parle de ma mère. Je veux dire, que je t'en parle vraiment. Ben oui, ça me prend comme ça, à 4 heures du matin, y'a pas d'heure pour ces choses-là.

Avec elle, rien n'a jamais été clair. Quand j'étais petite, je ne savais que faire pour lui plaire. Mais ça n'allait jamais. Mes moindres faits et gestes étaient passés au crible de sa terrible critique. Je ne sais même pas si elle se rendait compte combien elle était injuste ! Elle m'a fait souffrir jusqu'à basculer à la limite de la folie, plonger dans des désespoirs que ne devraient pas connaître les enfants. J'étais tout le temps à côté de la plaque et je ne comprenais pas pourquoi.

Est-ce que je m'en fiche maintenant ? Parfois oui, parfois non. Je me détache progressivement pour ne pas mourir. Mais ce n'est pas si simple. C'est essentiel, une mère. Quand on est petit, elle est censée être le roc sur lequel s'édifient les fondations de notre vie. Tu parles ! La mienne était une roche friable qui cédait sous les pas, parfois même un marécage prêt à m'engloutir. Impossible de me construire autrement qu'avec des harnais ou sur pilotis. C'était exténuant.

Mais je voulais y arriver, je voulais gagner son amour, qu'à tout prix elle me considère comme quelqu'un de bien, pas comme un gros tas de défauts sur pattes. J'ai essayé à en devenir squelettique. Je me disais sans doute que si je redevenais toute petite, elle me prendrait dans ses bras. Je dis « sans doute » parce que je n'en suis même pas sûre. Mais au lieu de douces retrouvailles, on s'est contenté de poser un gros mot sur mes os : anorexie. Et j'ai bien vu que je la dégoûtais encore plus.

Pour l'extérieur, les gens en général, notre famille a toutes les apparences de la normalité, elle ferait même envie :

– bonne situation du père,
– grand appartement bien cher,
– un temps plein de mère,

– parfois une jeune fille au pair,
– des vacances au bord de la mer,
– tous les ans, sports d'hiver.

Comment imaginer qu'en réalité, derrière la jolie vitrine, ça se décompose en beauté. C'est tellement fou quand la maltraitance emprunte les voies glaciales de la folie souterraine, celle qu'on ne voit pas, mais qui grignote en sourdine le sol sous vos pas.

De toute façon, la sentirait-on, cette odeur pestilentielle de famille qui ne tourne pas rond, ça n'empêcherait pas les gens de passer leur chemin. C'est tellement plus facile de fermer les yeux et de se boucher les oreilles, de ne pas s'embarrasser des problèmes des autres. Je sais que tu es d'accord là-dessus. C'est horrible d'être entouré de lâches.

Cécile

lundi 27 avril, 7 h 54

Mais qu'est-ce que je t'ai écrit ? Oublie. C'est pas vrai, je m'en fous de ma mère. Tu parles, à mon âge, j'ai autre chose à penser ! C'est des vieux trucs, tout ça, du passé.

Cette foutue histoire, elle profite juste de la nuit pour faire comme les vieux fantômes des livres qui remuent leurs chaînes en faisant ouh ! ouh ! Je ne sais pas ce qui m'a pris de faire ma petite gémisseuse mal aimée. Il serait peut-être temps que je sorte de l'hôpital, l'enfermement me monte à la tête.

Oublie, oublie.

Aurélien

mardi 28 avril, 22 h 08

Ma chère Cé

Cé tout le contraire ! Je te dis justement merci pour ton mail qui n'est pas du tout un truc de « gémisseuse ».

Ça n'a sûrement pas été facile pour toi de lâcher le morceau au sujet de ta mère. Un sacré morceau à avaler. Wouah !

Pas question que tu regrettes ton mail ! Oublier plutôt tes « oublie » à répétition. Ta mère, ta famille, il n'y a pas de honte à en parler, je sais ce que c'est. Le silence est pire que tout. Cé toi la victime et tu n'as pas à te taire sur ce qu'on te fait subir. Mets-toi bien ça dans ta petite tête !

Je me demande comment t'aider. Dis-le-moi si t'as une idée.

AURÉLIEN qui aimerait bien...

Aurélien

mercredi 29 avril, 2 heures du matin

Tu vois, j'arrive pas à dormir non plus.
En fait, ça fait des nuits que je ne dors pas.
Je suis trop secoué.
Rien ne fonctionne. C'est la cata.

Tu connais bien ces moments où tout se déglingue et où on croit que c'est la fin... Pas la peine que je te fasse un dessin.

Bon, voilà...

De mon côté, c'est la mouise,
la super-hyper-méga-crise.
Impossible de respirer
ni de rien te dire : coincé.
Téléphone et ordi sous clé
car mon père a disjoncté.
À force de menaces et de cris,
notre voisine a réagi :
on a vu débarquer les keufs
parce qu'elle a fait le 119.
T'avais raison, c'est pas du bluff.
Bon, je t'épargne les détails

qui te feraient du mal, aïe ! aïe !
À chacun son champ de bataille.
Mon père a quitté la maison.
Il va être du dernier chic
avec bracelet électronique.
Du coup, ma mère fait les cartons.
On a trouvé une location
où on sera aux petits oignons.

Cécile

mercredi 29 avril, 7 h 30

Mais là, tu es où ? Toujours chez toi ? Tu déménages quand ? Et pour le bahut, tu feras comment ? Il sera loin, ton nouvel appartement ?

Bon, j'arrête avec mes questions.

Mais tu vois, Aurélien, ton champ de bataille, c'est aussi le mien. Je comprends tellement ce que tu peux ressentir.

Aurélien

mercredi 29 avril, 9 h 35

On vit tous les deux des trucs qui se ressemblent. Toi, avec ta mère pas nette, moi à me dépatouiller avec la mienne incapable, depuis des années, de me protéger, complice à force d'être, comme moi, écrabouillée par la haine de mon monstre de père. Oui, je sais, ça te fait bondir, mais je ne vois pas de mot plus juste que « haine ».

Mon père s'est barré pour quelques jours. On déménage demain, avant qu'il revienne. Le nouvel appart' est minuscule (c'est une amie de ma mère qui nous le prête), mais on reste dans le quartier. Donc, pour le bahut, pas de problème. Et puis, ce n'est que du provisoire. On aura le temps de s'organiser pour l'année prochaine.

En fait, je vais mieux depuis que ça a pété. Et je crois que ma mère aussi.

Je me dépêche, j'ai cours à 10 heures.

Cécile

mercredi 29 avril, 12 h 37

Bon courage pour le déménagement.

On se reparle après.

Aurélien

jeudi 30 avril, 22 h 35

Ici, c'est vraiment tout petit, mais on est enfin à l'abri. Ouf !

À demain.

Cécile

vendredi 1er mai, 9 h 09

Si je comprends bien, on est tous les deux à l'abri. Et c'est tant mieux.

J'aurais dû voir Klara mais, aujourd'hui, c'est férié, et... je ne la verrai pas.

Je vais avoir la visite de Malette et ça, ça vaut de l'or.

Bonne installation !

Cé

Aurélien

vendredi 1er mai, 16 h 20

Ça y est, j'ai vidé tous mes cartons.

Remarque, il n'y en avait pas beaucoup.

À propos des psys et de ta Klara, je me dis que je devrais prendre mon courage à deux mains et t'expliquer une bonne fois pourquoi j'ai claqué la porte de Merde-à-Cambronne.

Plus j'y pense, plus je dois m'avouer que ma détestation est venue des faux espoirs déçus. J'espérais quelque chose de ce rendez-vous que ma mère avait finalement réussi à me vendre (parfois, avec ma mère, je baisse les armes, j'ai pitié). Comme je ne suis pas complètement borné, je savais que parler à quelqu'un sous couvert de secret professionnel, ça peut aider. Mais rien ne s'est passé comme j'imaginais.

Le type m'a pas plu avec ses gros sourcils blancs froncés sur ses petites lunettes en or. En plus, il puait la clope à dix pas comme mon père.

Un psy, c'est censé vous écouter, mais j'ai trouvé qu'il était à côté de la plaque. Quand j'ai commencé à lui déballer ce que je vivais depuis ma naissance, il a rien capté et conclu « crise d'adolescence ».

En sortant, dans la salle d'attente, il a lancé un regard mielleux à ma mère, genre « entre adultes, on se comprend, les ados, c'est pas de la tarte... » Je ne sais pas si je suis parano mais j'ai vu le sourire de ma mère, sous le charme. Ça m'a hyper énervé. J'ai eu du mal à ne pas shooter dans le vase de Chine porte-parapluie de l'entrée quand j'ai compris ma douleur : mon père allait aussi devoir venir. La totale !

Pigé : c'était pas un psy pour moi. J'en voulais pas de leur cirque et de ce clown.

Voilà. Alors, j'y suis pas retourné et quand ma mère a essayé de me baratiner, je lui ai envoyé : « Vas-y toute seule puisqu'il te plaît tellement, ce type !» Mon père, lui, a évidemment refusé d'aller au rendez-vous. Ça m'a bien arrangé, je reconnais, et j'ai même rigolé quand il a foutu toute la pile des *Psycho-Mag* de ma mère au vide-ordure. « Thérapie par le vide ! Suffit les conneries psy ! », il hurlait. Et il s'est installé sur le canapé, les pompes sur la table basse.

Maintenant, ma chère sœur, tu as peut-être raison quand tu me dis que j'aurais pas dû tout envoyer balader à la première séance mais, l'an dernier, je ne supportais rien, surtout pas l'image lamentable que tous ces adultes me renvoyaient. Même au bahut, j'ai eu des histoires. J'avais presque décroché tellement ils me rendaient tous dingue (sauf Maka). Tu ne le sais peut-être pas mais j'ai failli me faire réorienter. C'était moins de deux !

Faut que je te dise, Cé : je ne sais pas pourquoi je te déballe tout ça. Sales souvenirs. Mais ça me fait du bien d'en parler.

Depuis le début de nos mails, il y a quelque chose que j'ai compris sur toi : autant j'utilise des GROS mots (haine, sadique, salauds... et merde, bien sûr !) autant toi, tu dis les choses en douce et en douceur, ma chère douce sœur, pratiquement sans oser leur donner leur nom. Par exemple, tu préfères squelettique à anorexique, qui est trop gros pour toi (c'est le comble !)

Eh bien, Cé, accroche-toi, j'en ai un encore plus gros, de mot, un énorme même qu'il faut que je te sorte, parce que je ne veux pas de triche entre nous. Et tant pis si tu vas m'en vouloir, je me lance, après tout j'ai plus rien à perdre, voilà ce que je pense : ton accident, il a un nom, c'est SUICIDE !!!

Alors, j'espère qu'on va très vite te réparer le corps et le cœur dans ton hôpital où tu es à l'abri. Toi non plus, ta famille ne te mérite pas et tu as bien raison de vouloir te casser (au sens figuré, *please* !) chez ta grand-mère d'Angleterre. Si je pouvais, je ferais pareil sans hésiter. Ce que tu m'as raconté sur toi et ta mère me revient sans arrêt. Ça m'a hyper choqué. Je ne m'y attendais pas à ce point. Je me demande si c'est aussi grave d'être détesté par un père pour un garçon, que par une mère pour une fille. Mais pour avoir la réponse, faudrait... un psy et que je retourne métro Cambronne (bon, je rigole !).

Ton Aurélien qui te tient fort la main d'aujourd'hui à demain.

A + Cé = jamais assez !

Cécile

vendredi 1er mai, 19 h 30

Ah ben alors toi ! On peut dire que tu ne tournes pas autour du pot. Bingo !

T'es gonflé ! Ça se voit que tu vas vraiment, vraiment mieux.

Suicide, dis-tu. Et même que tu y mets des majuscules et une flopée de points d'exclamation : SUICIDE !!!

Tu sais, ce n'est pas très original, tu n'es pas le seul à le penser. On en a déjà parlé. La rumeur, cette grosse tache marronnasse d'huile de vidange qui se répand à toute vitesse, eh bien, la rumeur, elle aussi murmure suicide, suicide, suicide...

Mais je ne suis pas sûre que les choses soient aussi simples.

Puisque tu insistes lourdement, frérot, mais surtout parce que tu viens de dérouiller grave, je veux bien faire un effort... un énorme effort : je vais te raconter ce qui s'est passé. Ou du moins, je vais essayer.

Oui, j'ai basculé dans le vide...
oui, je suis tombée du deuxième étage...
oui, j'étais assise sur la balustrade, je me balançais...
oui, c'est vrai, j'étais très énervée...

Ma mère m'avait mise hors de moi, comme elle en a le don.

Elle avait fait irruption dans ma chambre, ouvert mon placard, tout fichu par terre, hurlé que c'était pas possible ce bordel, que j'étais une souillon.

Je me suis bouché les oreilles, je ne l'entendais plus mais je voyais sa bouche se tordre, ses dents, ses yeux comme des balles, et je sentais la colère monter, monter et bouillonner en moi, et se transformer en désespoir.

Les crises de ma mère, ça provoque ça : le désespoir. À chaque fois, c'est la même chose.

Alors, j'ai ouvert la fenêtre parce qu'il me fallait de l'air. Elle, elle était sortie de la chambre. Je me suis hissée sur la balustrade. Ce n'était pas la première fois. Je suis agile, j'ai l'habitude de me balancer à cheval dans le vide, de me faire cette petite frayeur qui serre le cœur, les mains bien agrippées au rebord pour ne pas tomber.

Je te jure, Aurélien, je ne voulais pas sauter, juste frôler le vide pour me calmer. Généralement, ça marche mais, là, je ne sais pas ce qui s'est passé, je ne me suis pas sentie lâcher, j'ai peut-être eu un étourdissement d'un millième de seconde, je ne sais pas...

C'est vrai que je tremblais de colère et que ma vue était brouillée par les larmes... après, j'étais par terre, sur le carré de pelouse, à l'aplomb de la fenêtre. Je n'avais même pas mal.

Je me suis dit ouf ! Mais quand j'ai voulu bouger, mon corps ne m'obéissait plus. J'ai entendu un grand cri et j'ai perdu connaissance. Enfin, je crois...

D'accord, j'ai toujours su que c'était dangereux mais, à chaque fois, je m'en sortais. Je ne pensais pas que le vide pouvait me happer comme la mâchoire d'un loup. Je ne voulais pas me tuer, Aurélien. J'ai juste joué avec le feu et je me suis brûlée. Alors, parlez de suicide, si ça vous amuse, moi je m'en fous. Ma vérité, la voilà.

J'en ai marre d'avoir à m'expliquer, à me justifier.

On ne peut pas me laisser en paix ?

Les pourquoi, les comment, je m'en fous éperdument.

Je suis vivante, Aurélien,

JE SUIS VIVANTE !!!

Cé

Aurélien

vendredi 1er mai, 23 h 45

Reçu 5 sur 5.

Tu m'as fait froid dans le dos, ma chère, chère Cé.

RESTE VIVANTE, NE CHANGE RIEN.

Bises de

Ton Aurélien

Aurélien

samedi 2 mai, 11 h 07

Je reviens vers toi, Cé, mais... je n'en reviens pas.

Quelle horreur, ma pauvre ! J'ai pas arrêté de me repasser les images.

Le principal, c'est qu'on s'en tire tous les deux : Kcés mais réparables.

À part ça, tu as dû recevoir la bonne et la mauvaise nouvelle : Maka est sortie d'affaire. Par contre, le grand-père de Farid est mort dans son EHPAD. C'est triste et pas juste.

Je ne te dis pas comment j'ai eu ton adresse, ni comment j'ai su qu'aujourd'hui :

C'EST TON ANNIVERSAIRE, CÉ !

Tu es vivante d'abord parce que tu es née, et encore plus vivante parce que, justement, tu as failli mourir.

Point final (promis-juré),
parole de frère de galère !

Alors, ma chère Cé Kcée bientôt réparée,
il est temps pour toi de foncer vite fait
et de descendre vers ton banc,
déjà quelqu'un t'y attend.
Mais n'oublie pas ton téléphone
car il y a des chances qu'il sonne
pour afficher mon SMS
à lire en vitesse.
Aurélien, en vers et contre tous !!!

SMS d'Aurélien à Cécile :

Chère sœur kamikaze,
je ne suis pas complètement naze.
J'ai tout pigé derrière tes phrases :
je serai ton frère et ami,
et pour le reste, va voir ta psy !
Tu vois, ma sœur, ma KCée,
tous nos malheurs sont du passé.
Descends, descends, c'est le moment.
Fais gaffe à ton fauteuil roulant.
Nous deux, on ira de l'avant
malgré les virages, les tournants,
car comme toi… JE SUIS VIVANT !

AUX ÉDITIONS COURTES ET LONGUES
D'ÉLISABETH BRAMI

La Couleur des saisons
album, ill. Emanuel Proweller

Même pas en rêve !
roman

Sauve-toi, Élie !
album, ill. Bernard Jeunet

DE MARIE SELLIER

Brume et les Toucouleur
album, ill. Limo

Fanfan
album, ill. Iris Fossier

Mon Monstre
album, ill. Jean-Luc Buquet

ROMANS
AUX ÉDITIONS
COURTES ET LONGUES

Supernova

À cœur ouvert
par Marie-France Zerolo
et Élisabeth Benoit-Morelli

Bienvenue à Oswald !
par Célia Garino

Le Clown masqué
par Rozenn Desbordes

Même pas en rêve !
par Élisabeth Brami

Ultraviolet

130 Jours de mensonge
par Nadine Brun-Cosme

American Dreamer
par Antoine Vigne

Corentino
par Benjamin Lesage

La Courbe de tes yeux
par Nadine Brun-Cosme

Les Étoiles qui meurent dans le ciel
par Benjamin Lesage

Lignes
par Jacques Arragon

Les Orphelins de Prolis
par Tristan Deluzarches

Le Refuge
par Marie-France Zerolo

Old Soul
par Nancy Guilbert

Toute Personne qui tombe a des ailes
par Élisabeth Brami

Création de la couverture par Germain Barthélémy.

 Loi N° 49-956 du 16 juillet 1949 sur les publications destinées à la jeunesse. Dépôt légal : janvier 2023. ISBN : 978-2-35290-355-0. Photogravure de la couverture par IGS-CP, L'Isle-D'Espagnac. Achevé d'imprimer en décembre 2022 sur les presses de CPI Firmin-Didot, Mesnil-sur-l'Estrée.